Contents

ひょんなことからオネエと共闘した180日間（下）

～氷の貴公子は難航不落!? 完璧目指すレディのレッスン～

第一章　その男は
鉄杭で固定されている

部屋の窓を開け放つと、まだひんやりとした冷たさの残る風がくせのある茶色い髪の毛を優しく揺らす。この時期特有の抜けるような青空には雲ひとつなく、遥か遠方には山の稜線《りょうせん》が見えた。

「うん、絶好のお出かけ日和《びより》ね」

ジャネットはターコイズのような美しい空を見上げて笑みを零す。眼下には美しく手入れされた王宮の庭園が広がり、花壇には黄色い花が咲いているのが見えた。

ジャネット＝ピカデリーはルロワンヌ王国の名門貴族であるピカデリー侯爵家の一人娘で、この国の第一王女であるシルティ王女付きの行儀見習いとして王宮勤めをしていた。

王女殿下の行儀見習いともなると、その行動は常に主《あるじ》の予定に左右されて自由気ままに外へ出歩くことはできない。そのため、久しぶりの休暇となるこの日、ジャネットは友人に誘われたお茶会に参加するため、うきうきとした気分で外出の準備をしていた。

――いかなるときも、自然に美しく。

シルティ王女の専属美容アドバイザーであるアマンディーヌの教えでは、美しい雰囲気とは、常日頃から意識せずとも自然に醸《かも》し出されるようになるのが理想だという。

今日の用事は女友達とのお茶会だ。

ジャネットは時間と場所をわきまえた、控えめだけれどしっかりとしたメイクを施した。丁寧に化粧品を肌に重ね、最後に頬骨の高いところに淡いピンクのチークをのせると、途端《とたん》に顔色が明るくなり印象が華やいだ。

メイクを終えたジャネットはクローゼットを開いた。そして、少し迷ってから、クリーム色のお出かけ用のドレスを取り出した。

黄色味が強い鮮《あざ》やかな色合いは、ずっと自分のことを地味でブスだと思い込んで目立つことを極力避けていた以前のジャネットならば、絶対に選ばなかった。けれど、アマンディーヌから服の明るさはそのまま着ている人の雰囲気を印象付けることが多々あると教えられた。

地味で陰気臭い自分とはさようならしたい。

そんな気持ちで新調したこのお出かけ用のドレスを身につけるのは今日が初めてだ。

「似合っているかしら？」

ジャネットは鏡の中の自分を見つめ、左右に体の向きを変えて交互に眺めた。

明るい色合いのドレスに身を包んでいるのは若い女性。お化粧は自分なりに上手くできたと思う。薄茶色の髪も自分でなんとか結《ゆ》い上げて、後ろでひとつにまとめている。

ぱっと見は、清楚で上品な雰囲気に仕上がっているように思えた。

スカートの裾をヒラリとひるがえして部屋を出ると、王宮で働く人々のための辻馬車乗り場へと向かった。

その途中、ジャネットは前方からひときわ存在感のある、いや、むしろ存在感がありすぎる大女が歩いてくるのに気付いた。

「アマンディーヌ様、ご機嫌よう」

ジャネットは立ち止まるとスカートの裾を摘《つま》み、淑女の礼をする。もちろん、背筋はピンと伸ばして顎《あご》は引いて、細心の注意を払いながら。

「あら、ご機嫌よう、ジャネット嬢。これからお出かけかしら？」

ジャネットに気付いたアマンディーヌも口元を綻《ほころ》ばせ、立ち止まった。

ここは宮殿の王室用のエリアからパブリックスペースに抜ける通路だ。人通りも少なく、飾り台には今朝侍女により生けられたであろう花が美しく咲いていた。

「はい。ラリエット伯爵家のマチルダ様にご招待されて、お茶会に行って参ります」

「そう。晴れていてよかったわね」

そう言いながら、アマンディーヌの手が自分のほうに伸びてくるのを感じ、ジャネットの胸はドキンと跳ねる。アマンディーヌはジャネットの肌に触れることなく、ほつれ落ちた髪だけを摘み上げた。

「ここ、崩れているわ。まだ自分で髪を結うのは苦手ね。後ろを向いて」

そう促されて素直に反対側を向くと、後ろから髪を引かれる感覚がした。ほつれているところを直してくれているのだろう。しばらくすると、髪を引かれる感覚がなくなり、両肩にポンと手が置かれた。

「できたわよ。楽しんでらっしゃい」

振り返って見上げると視線が絡み合った。アマンディーヌの新緑の瞳が柔らかく細められる。

「そのドレス、初めて見るわ」

「実は、つい最近新調しました。今日初めて着るのです」

「そう。いいと思うわ。似合っているわ」

「！　はい、ありがとうございます！」

ジャネットは赤らみそうになる頬を隠そうと少し俯《うつむ》く。

実はこのドレスを選ぶとき、やっぱり自分には似合わないのではないかと思ってかなり迷った。けれど、アマンディーヌに『似合っている』と言ってもらえると、勇気を振り絞ってよかったとつくづく思った。

いつかアランに『綺麗《きれい》だ』と言ってほしいけれど、それは高望みしすぎだろう。

「こら、俯いちゃだめだって言っているでしょ。布袋があったら落ちているところよ？」

コツンとおでこを軽く小突かれて顔を上げると、アマンディーヌは悪戯《いたずら》っ子のようにニンマリと口の端を上げる。

「……はい。申し訳ありません」

右手で押さえたおでこが、熱をもったように熱かった。

ジャネットがシルティ王女付きの行儀見習いとして王宮勤めを始めたのは今から七ヶ月ほど前のことだ。

当時、ジャネットには婚約者がいた。幼い頃の美しい思い出、初恋の男の子（と思い込んでいただけだけど）と婚約して幸せの絶頂のはずだったジャネットは、実際には心がズタズタになっていた。なぜなら、この婚約者――ウェスタン子爵家の三男坊、ダグラス＝ウェスタンがとんでもない女たらしのクズ野郎だったのだ！

婚約者であるジャネットを放ったらかしにして火遊びを繰り返すダグラスの姿を目にして女としての自信を喪失し、めそめそと泣いていたジャネットに救いの手を差し伸べたのがアマンディーヌだ。

そしてジャネットはアマンディーヌの指導の下、シルティ王女の行儀見習いをしながらダグラスを骨抜きにするいい女になることを目指して必死に特訓を受けた。

その期間は実に180日にも及ぶ。

そして、つい先日ジャネットはダグラスが婚約者として固執するほどの男ではないという結論に至り、婚約を解消した。

では、なぜ今もジャネットがシルティ王女付きの行儀見習いを続けているのか。それは、ジャネットが新たな恋をしたからである。アマンディーヌの指導の下、今度はその好きな人を骨抜きにすべく日々努力を重ねている。

しかし、これが一筋縄ではいかない。

なぜなら、ジャネットが恋した相手、名門ヘーベル公爵家次男で現役近衛騎士という、貴族令嬢に大人気の男性――アラン＝ヘーベルは、アマンディーヌその人に他ならないのだから……。


その数時間後、ラリエット伯爵家の屋敷の一室では、うら若き乙女達がテーブルを囲み、入手したばかりの最新の噂話に花を咲かせていた。

「――らしいですわ。それで、結局だめになったらしいの」

「まあ、本当に？　仲睦まじそうに見えたのに、意外だわ」

そう言った少女、今回のお茶会の主催者であるラリエット伯爵令嬢のマチルダは眉をひそめて、信じられないといった様子で大げさに首を振った。他のご令嬢達も顔を見合わせてはひそひそと何かを囁き合っている。

彼女達が夢中になっている話題は、結婚目前と目されていたとある伯爵家の三男と子爵令嬢が最近破局したらしいという話だ。

幼馴染みの二人は誰の目から見ても仲睦まじく、お似合いだった。

ジャネットも壁の花として舞踏会に参加した際に、仲睦まじくダンスを踊る二人を何度か見かけたことがある。ちなみにジャネットは元婚約者のダグラスから無下《むげ》に扱われていたので舞踏会では常に壁の花であったのだが、ここではどうでもいい話なので割愛する。

本題に戻るが、このご令嬢がつい最近、かなり年上の伯爵に求婚され、ころりと手のひらを返して幼馴染みを捨てたというのだ。

「わからないものねぇ」

「そうねえ。やはり、爵位を継げないのは痛かったわよね。伯爵と文官では、全く暮らしぶりも違いますし」

「それでも彼女なら彼を選ぶと思っていたわ」

「いざ結婚となると、やっぱり貴族の生活を捨てるのが惜しくなったのではないかしら？」

その場にいる誰もが好き勝手な憶測を語り合う。そして、話は最後にこう締めくくられた。

「つまり、『初恋は実らない』ってことですわね」

ガシャン！　っと大きな音がして、テーブルにティーカップが落ちる。

その場にいた全員が一人の少女――ピカデリー侯爵令嬢、ジャネットに注目した。カップは割れてはいなかったが、落ちた拍子に僅《わず》かに残った中身がすっかりジャネットのソーサーにこぼれ落ちてしまっている。部屋に控えていたラリエット伯爵家の使用人達が慌てた様子で後始末しようと駆け寄った。

「な、なんですって？」

「ジャネット、大丈夫？　顔色が悪いわ」

ジャネットの異変にいち早く気付いたマチルダが、心配げにジャネットを覗《のぞ》き込む。ジャネットはその手をスカートの上で握ると、わなわなと震わせた。

「は、初恋は実らないですって⁉」

ジャネットは眉根を寄せて、身を乗り出した。

初恋は実らない？　それは聞き捨てならない。こっちは初恋を拗《こじ》らせてウン年──正確に数えるともうすぐ十年！　──になる。

そう、何を隠そう、初恋だと思い込んで婚約したダグラスが実は人違いで、本当はアラン＝ヘーベルであったと判明したのはつい先日のことなのだ。『実らないものだ』と言われて『はい、そうですか』と納得するには拗らせ期間が長すぎる。

「ええ、一般的にはよくそう言うわよね」

マチルダはジャネットの様子に圧倒されながらも、コクコクと頷《うなず》いた。

「そんな……、うそだわ！　初恋が叶った人もいるはずよ」

「えーっと、確かおしどり夫婦として有名なノーラ子爵夫妻は幼馴染みからの大恋愛だったとか……」

「そうでしょう！　いるでしょう⁉　いるはずよ！」

ジャネットは勢いづいてうんうんと頷いた。

そうでないと困る。なんのために自分はこの涙ぐましい努力を続けることを決意したのか。全《すべ》ては本当の初恋の相手──アラン＝ヘーベルを落とすためである。

今のところ、落とすどころか一ミリたりとも傾いてすらいないが。あの男、土台が超合金でできている上にしっかりと杭打ちされているのではないかと思うほどだ。

よしよし、やっぱりいるでしょう！　と、ほっとしたところで使用人が新しく用意した紅茶を運んできた。

「ありがとう」

ジャネットはお礼を言ってそれを受け取ると、ゆっくりと口に含んだ。

さすがは伯爵家の使用人、紅茶のいれ方もよく教育されている。上品な味わいが口いっぱいに広がった。

そんなジャネットの様子を眉をひそめて眺めていたマチルダは、何かに気が付いたように口元を手で押さえた。

「もしかして！　ごめんなさい、わたくしったら、あなたの気持ちも考えずに……。ジャネットったら、まだダグラス様にそんなに未練が……」

「え？」

「まあ、そうなの？　なんてお痛わしい……」

周りのご令嬢達もそれを聞いて、さざめき出した。

「ちがーう！」

「まあ、ジャネット。隠さなくてもいいのよ？　わたくし達はあなたの味方よ？」

「隠してないわ。未練もない！」

「本当に？」

「本当よ！　わたくしはアラン様が好きなのよー！」

声を大にしてアランへの愛を叫ぶジャネットをポカンと見上げていた友人達は、一斉にどよめいた。

「アラン様？　あのヘーベル公爵家のアラン様？」

「素敵よね。実はわたくしもアラン様ファンなの！」

友人の一人の声に反応するように、別の友人が両手を前に組んで、うっとりした表情を見せる。

「え？」

ジャネットは思わぬライバルの出現に表情を引き攣《つ》らせた。それを聞いた別の友人までも身を乗り出す。

「実はわたくしもなの」

「あら、あなたはもう婚約しているでしょう？」

「婚約者がいてもアラン様は別格よ。滅多《めった》に舞踏会にいらっしゃらないから。一度でいいからダンスに誘っていただきたいわ」

「わかるわ！」

友人達が勝手にわいわいと盛り上がり始めた。

なんと、こんなにライバルがいるとは想定外だ。まあ、本気でアランを狙っているというよりは、憧《あこが》れの気持ちが強そうではあるが。

そうこうするうちに、友人の一人がパッと目を輝かせてこちらを見た。

「そういえば、アラン様ってシルティ殿下付きの近衛騎士よね？　もしかして、ジャネットはたまに見かけたりするの!?」

「ええ、まぁ……」

見かけるどころか、ほぼ毎日会ってしごかれている。しかも、結構鬼畜《きちく》である。

それを聞いた友人達は「きゃあ！」っと歓声を上げた。

「そういえば、ジャネットは前回のヘーベル公爵家の舞踏会でエスコートされていたわよね？　そのご縁だったのね。そうだわ！　ねぇ、ジャネット。次にアラン様が舞踏会に参加する日がわかったら教えて！」

「ええ!?」

「だって、滅多に社交に姿を現さないでしょう？　彼ってミステリアスで素敵よね」

友人はうっとりした様子でほうっと息を吐く。

「うーん、そうかしら……」

彼女達は気付いていないだけだ。

アランは舞踏会にはほぼ必ず参加している。女装したオネエ姿で。

「参加されるときも寡黙《かもく》でしょう？　クールで素敵だわ。あのグリーンの瞳で見つめられたらうっとりしちゃう」

「――ク、クールじゃないと思うわ……」

それは恐らく、間違ってオネエ臭を出さないように不用意な発言を避けているだけだ。間違いない。

しかし、ジャネットの発言は華麗にスルーされて話は進む。

「ねぇねぇ、今度アラン様を囲む会をしたいから、頼んでおいてよ」

「ええ？　きっと断られるわ」

断られるどころか、墓穴を掘りそうな気がする。

レッスンが厳しくなるとか、課題が増えるとか、レッスンが厳しくなるとか、レッスンが……。

「ジャネット！　お願い!!　ジャネットだって、アラン様の好みのタイプを聞きたいでしょ？」

「アラン様の好みのタイプ？」

「わたくし達が聞き出してあげる！　任せて！」

アランの好みのタイプ。それぞ、ジャネットが最も知りたいことだ。

「――本当に？　わかった。わたくし、頼んでみるわ！」

未婚貴族令嬢の横のネットワークは恐ろしい。使えるチャンスは逃さない。ことアラン＝ヘーベルは婚約者が既《すで》にいるご令嬢からも格別の絶大な人気を誇っているのだ。

だって、公爵家出身の上に憧れの近衛騎士で美形。クールだとか、寡黙だとか、だいぶ勘違いもありそうだが。


翌日、アマンディーヌと顔を合わせたジャネットは、早速昨日のことを切り出した。

「――というわけで、アマンディーヌ様。わたくしの友人達とアラン様を囲む会をいたしましょう」

「アンタ何言ってんの？　寝言は寝てから言いなさいよ」

素っ気なくそう言って紅茶を飲むアマンディーヌを見て、ジャネットはむぅっと口を尖らせる。

「じゃあ、アラン様の好みのタイプを教えてください」

「自分で考えなさい」

「意地悪！　どんなタイプでも落とせるように指南《しなん》するって言ったのに！」

「……」

ふいっと目を逸《そ》らされてしまった。

そう、ジャネットがこの行儀見習い期間を延長すると決めたとき、アマンディーヌは確かにこう言ったのだ。

『どんなタイプの男にも対応して虜《とりこ》にできるレディに仕上げてみせる』と。

このやろう、あの発言をなかったことにするつもりだな？

「あら？　さては、わたくしがいい女になりすぎちゃって、夢中になるのが怖いのですわね？」

ジャネットはふふんと笑ってそう言い放ってから、「きゃっ！」と頬を赤らめた。

相手がアランの姿をしていたら絶対に言えないが、アマンディーヌだと言えてしまうこの不思議。

アマンディーヌはティーカップを静かにソーサーに置くと、器用に片眉を上げる。

「アンタね。そういうことは、いい女になって夢中にさせてから言いなさいよ」

「！　ほんっと意地悪！」

「うるさい！」

「痛っ！」

ピシッとおでこに痛みが走る。

オネエから提案却下された上にデコピンの刑に処された。しかも、何事もなかったかのように紅茶を飲んでいるではないか。

「うぅ！　シルティ様ー。あの人意地悪ですわ！」

「ジャネット様。どうか落ち着いて……」

シルティ王女が泣きべそをかくジャネットを必死に宥める。

結果、今日も好みを聞き出すことはおろか一ミリたりともアラン＝ヘーベルを傾かせることはできなかった。

☆　☆　☆

男性が思わず恋してしまうような『いい女』とは、いったいどんな女性なのか？

これは世の多くの女性達の永遠のテーマである。

なぜなら、『いい女』と思う定義は人それぞれで違う。

仕事もこなして家事もしっかりできるスーパーウーマンタイプをいい女だと思う人もいれば、優雅に微笑む貴婦人タイプをいい女だと思う人もいる。

むっちりボディのセクシータイプが好きだと思う人もいれば、小さな守りたくなるような小動物系タイプを好む人もいる。

いつもニコニコ笑顔の女性に惹《ひ》かれる人もいれば、つんと澄ました女性の意外な弱い一面に惚れる人もいる。

とにかく、万人受けする『いい女』など、存在しないことはジャネットにもわかる。それならば、好きな人のタイプを目指したいと思うのは至極《しごく》真っ当な乙女心。

「アラン様はいったいどんな方がお好みなのかしら？」

ジャネットは小さくため息をついた。

ジャネットは行儀見習い期間を延長するにあたり、アランに『覚悟してくださいませ』と見得《みえ》を切った。

それで少しはアランがジャネットのことを女性として意識してくれているかと思えば、そんなことは全くなし。アマンディーヌはいつものようにレッスンするし、アランとして会えば普段通りに接してくれる。

そう、本当に普段通りなのだ！

「なんとか、女性として見てもらわないと……」

ジャネットは必死に考えた。そして、恋愛スキルが壊滅的な彼女なりに必死に考えに考えた結果、新たな作戦に出ることにした。

題して、『女子力アピールで好きにさせちゃうぞ大作戦』である。

貴族女性に重要な女子力と言えば、第一にマナーであることは言うまでもない。そして、次点に来るぐらい重要なのが、刺繍《ししゅう》のスキルである。

実はジャネット、刺繍の腕には少々自信があった。

こう見えても由緒正しき名門侯爵家の令嬢なのだ。小さいときからチクチクと小さなものから大きなものまでいろいろと刺繍した。

素敵な刺繍をプレゼントして愛を告白してやろうじゃないか！

「――という作戦ですわ」

ジャネットは早速思いついた作戦をシルティ王女に相談した。

「まあ、素敵！　アランお兄様もきっとメロメロですわ！」

話した相手が悪かった。相談するほうも恋愛経験ゼロなら、相談に乗るほうも恋愛経験ゼロなのだ。普通だったらそんなふざけた作戦はやめておけと止めてもらえそうなものだが、ノリノリのシルティ王女は止めるどころかジャネットと一緒に自分も刺繍すると言い出した。

「ジャネット様、何を刺繍されますか？」

そうと決まれば善は急げ。シルティ王女は早速刺繍道具を持ち出して、準備を始めた。机の上には色とりどりの刺繍糸が並べられた。王室で使う刺繍糸はどれも最高級品だ。

「そうですわね……。天馬を」

「天馬？　随分《ずいぶん》と難しいものを刺繍されますのね。すごいわ！」

「ええ、まぁ。意外と刺繍は得意なのです」

ジャネットは得意げに胸を張る。

天馬とは、背に羽を持った馬のような姿をした、伝説の生き物である。好きな人に女子力の高さを見せつけるために刺すのだから、これくらいの気合いは入れないと。

「わたくしは無難《ぶなん》にお花にするわ」

シルティ王女は赤い刺繍糸を針に通して微笑む。二人が早速作業に取りかかろうとしたときに、侍女が来客を知らせに来た。

「アマンディーヌ様がお越しです」

「アマンディーヌ様？　お通しして」

すぐにシルティ王女が指示する。

アマンディーヌはシルティ王女の護衛を兼ねているので、美容レッスンがない日でも当番の日は来る。アランの格好で護衛任務に来ることもまれにあるが、十中八九はアマンディーヌの格好で来る。

「あら、刺繍？」

部屋に入るなり、アマンディーヌはテーブルに広げられた刺繍道具に気付いて興味深げに眺めた。

「わたしもやっていいかしら？」

「アマンディーヌ様も刺繍を？」

ジャネットは思わず聞き返した。貴族男性が刺繍を嗜《たしな》むというのは、聞いたことがない。アマンディーヌは少しバツが悪そうな表情になる。

「ええ。だめかしら？　昔、こっそりとやっていたのよ」

「いえ、どうぞ。わたくしの道具を使っていただいて構いませんわ」

趣味嗜好は自由である。男性であろうと刺繍が好きなら断る理由もない。

ジャネットが椅子を勧めると、アマンディーヌはほっとしたように表情を綻ばせ、空いていたジャネットの隣の椅子に腰を下ろした。

ジャネットはアマンディーヌの前に刺繍道具を差し出す。

「はい、どうぞ」

「ありがとう」

アマンディーヌの本来の姿である名門公爵家の次男であるアランが髪結いやお化粧などの乙女チックな趣味を親に封印されたとは以前に聞いていた。しかし、その中に刺繍も入っていたとは知らなかった。

アマンディーヌは目を輝かせて生地と糸を選んでいる。

「何を刺繍されるのですか？」

「どうしようかしら。久しぶりだし、簡単にお花かしらね。バラにするわ」

「ああ、バラ。いいですわね！」

完全に会話が女子になっていることにも気付かず、ジャネットはうんうんと頷く。相手はただの女装野郎ではなく、女子力無限大オネエであることを完全に失念していた。


チクチク、チクチク、チクチク……。


女子三人（ただし、一人はオネエ）が黙々と刺繍をする。誰一人声を発することなく真剣に刺す。とにかく刺す。

どれくらい時間が経ったのだろう、ジャネットは最後の一刺しをして糸の処理をすると、ハサミでそれを切った。

「できたわ！」

出来上がりを確認するように宙にかざすと、グレーと白の糸で作り上げられた天馬はまるで今にも飛び立ちそうな躍動感《やくどうかん》がある。つまり、なかなかよい仕上がりである。

「あら、ジャネット嬢。上手ね」

「！　ありがとうございます！」

アマンディーヌに褒められてジャネットはぱぁっと表情を明るくした。

これは思惑通り、女子力の高さをアピールできたのではないだろうか？

「わたしもできたわ。ほら」

アマンディーヌがジャネットに布地を差し出す。それを見たジャネットはピタリと動きを止めた。

白地の布に咲き乱れるのはバラだ。赤とピンクのバラが何輪も、それは見事に咲いている。葉の葉脈まで色を変えた刺繍糸で見事に再現され、枝は花が引き立つように左右に広がっている。

布地の一面に施されたまるで本物のような見事な刺繍。ベテラン針子が刺したと言っても誰も疑わないだろう。

「……すごく上手ですのね」

「そう？　ありがとう。久しぶりにやったからイマイチだけど」

「イマイチ？　これが？」

ジャネットは自分の天馬をチラリと見た。それなりにリアリティーがある、なかなかの仕上がりである。ただし、素人《しろうと》の刺繍としては、だ。

これでは、困る。計画が崩れてしまう。

女子力の高さをアピールするはずが、逆に相手の女子力を見せつけられた。

しかし、修正ルートを考えていなかった。

仕方がない。ジャネットは当初の計画通りに行動することにした。

「アマンディーヌ様、よろしければこれをどうぞ」

「あら、わたしにくれるの？　ありがとう。じゃあ、これはジャネット嬢にあげるわ」

素人作品のお返しにプロ級の作品を渡された。思いがけず、好きな人からお手製のプレゼントを貰ってしまった。ちょっと嬉しい。

「アマンディーヌ様、好きです」

「わたしもジャネット嬢は好きよ。しごきがいがあるもの。思わず苛《いじ》めたくなっちゃう」

「………」

にっこりと微笑まれてそう返された。

しごきがいがあるってなんですか？

苛めたくなるってどういう意味？

ねえ、もしかしてSなの？

ドSなの??

とにかく……。

「シルティ様ー。通じないー!!」

「ジャ、ジャネット様！　大丈夫ですわ。きっと次こそは！」

とりあえず、自分の作戦が見事に撃沈したらしいということだけはわかった。

☆　☆　☆

世の中には、とにもかくにも様々なラブロマンスが生まれている。

偶然出会った二人が一瞬で恋に落ちる、プレイボーイが真実の愛を見つけて一途な青年に変わる、犬猿の仲の二人が徐々に距離を縮めて深い絆で結ばれる……。

これまで、数々の恋愛小説を読んできたし、いろいろな恋のロマンスの噂話を聞いてきた。

けれど、広い世の中で自分ほど手強い相手に恋をした女性がいただろうか？　いや、いない！　思わず反語で断言してしまいそうになり、ジャネットは目の前の女性をジトッと見た。

金の髪を高く結い上げ、長いまつ毛に縁《ふち》どられた瞳は新緑を思わせるグリーン。整った顔には隙のないメイクが施され、顔だけ見れば文句なしの美女である。そう、顔だけ見れば。

もしも好きになった人がこれまで見聞きしたいずれかのロマンスの登場人物に似た男性であるならば、恋愛スキルの低いジャネットでもそれと似た方向に真似る努力をすることができる。けれど、どれにも似ていないのだ。

どこの世に裏で隠れた女装趣味（？）のある女子力無限大の騎士をヒーローにしたロマンス小説などあろうか。

初恋を拗らせたジャネットは、恋愛に関する駆け引きがとにかく苦手だ。

口説いたことはもちろん、口説かれたこともない。いったいどうすればいいのだろうかとお手上げ状態だった。

「最近の流行《はや》りはこの羽を飾りとして使用したものよ。お花ももちろん人気なのだけど、どこかに羽が少し入っているだけで、格段に流行のポイントを押さえたように見えるわ。お洒落《しゃれ》に見せるには有効よ」

そう言いながら顔を上げた美人——アマンディーヌは用意していた髪飾りデザインの広告紙を目の前に広げた。

広告紙には様々なタイプの髪飾りをつけて微笑む若い女性の姿が描かれていた。どれも個性的で斬《ざん》新《しん》なデザインだが、共通していることは羽がアクセントとして飾られているところだ。

「わたくしはこれが好きだわ。ふわふわしていて可愛いわ」

「確かにこれはシルティ殿下の可愛らしい雰囲気によく合っています。わたしもいいと思いますわ」

「ありがとう、アマンディーヌ様。ジャネット様はどれかお好きなものはありますか？」

髪飾りの広告紙を目の前に差し出されて、ジャネットはそれをじっと眺めた。大きなリボンのデザイン、お花のデザイン、レース飾りのもの、金彫刻のもの……実に様々なデザイン画が描かれている。

ジャネットはその中のひとつに目を止めた。レース飾りで作った飾りの中に控えめに羽が添えられたデザインは、シルティ王女が選んだ大きなリボンの髪飾りに比べるとだいぶ落ち着いた印象を覚える。ジャネットはそれが好きだと思ったが、世間一般ではどうなのだろう。もしかしたら、少し地味だと思われるデザインかもしれない。

そのとき、ジャネットは閃《ひらめ》いた。これはチャンスなのではなかろうか。この手強いオネエから、自身の女性の好みを聞き出す絶好のチャンス！

ジャネットは努めて自然を装ってアマンディーヌに向き直った。

「アマンディーヌ様はどれがお好きですか？」

「わたし？　そうねぇ、自分でつけるなら、これかしら」

アマンディーヌは少し迷うように顎に手を当て、広告紙の中のイラストのひとつを指さした。

「……これでございますか？」

ジャネットは眉根を寄せた。羽が豪華に盛られたそれは、この広告紙の中でもひときわ目立つ髪飾りだ。

だが、しかしだ。元々派手な見目のアマンディーヌならば着こなせるかもしれないが、ジャネットがつけたら鳥の仮装をしているのだと本気で勘違いされかねない。

よって、却下である。

「他には？」

「他？　そうねぇ、これなんかもいいわ」

アマンディーヌが指差したそれを、ジャネットはどれどれと覗き込む。

今度は金彫刻にこれでもかというくらいの大量のクリスタルガラスが嵌《は》め込まれたド派手な髪飾りだ。確かに、アマンディーヌの美しい金髪のかつらにはよく似合いそうだ。しかし、地味なジャネットがつけた暁《あかつき》には、頭ばっかりがギラギラしてカラスにでも狙われそうだ。

よって、却下！

これではだめだ。全然参考にならない！

ジャネットはむうっと口を尖らせた。これはもう、直接聞くしかない。ちょっと恥ずかしいが、いたし方ない。

「では、アラン様のお好みは？」

「アンタ、何言っているの？　アランは髪飾りなんてつけないわよ」

アマンディーヌが途端に目をスッと細める。

「知っております。参考にしようかなと思いまして」

つんと澄ました態度でジャネットは平静を装った。何もやましいことなど聞いておりませんというふうに。

「そんなこと聞いてどうするのよ。次いくわよ」

「チッ！　だめだったわ！」

「なに？」

「いえ、オホホ。なんでもございません」

ジャネットは扇子《せんす》を手に口元を隠し、オホホっと愛想笑いをする。極めて自然な流れを装って話題に出せば聞き出せると思ったのに、この作戦は失敗だったようだ。

「アンタ、全然自然な流れじゃなかったわよ」

アマンディーヌが呆れたようにジャネットを見る。

なんだ、このオネエ。毎度毎度、エスパーなのか？

どうしてこっちの考えていることがわかるのか、謎すぎる。

目をぱちくりとさせたまま二人のやりとりを眺めていたシルティ王女は、頬に手を当てて黙り込んだ。そして、何かを思いついたようにポンと手を叩いた。

「そうだわ、アマンディーヌ様。いつもの課題がちゃんとできていたら、そのご褒美《ほうび》にアラン様に関する質問にひとつ答えてあげるのはいかがでしょう？　ジャネット様も俄然《がぜん》やる気が出ると思うのです」

課題とは、定期的にアマンディーヌがシルティ王女とジャネットに出す宿題のことだ。

例えば、最近流行の香水について調べてくるなどファッションに関わるものから、歴史の本を読んでレポートをまとめる、ヨガのポーズをできるように練習するなど、その内容は多岐にわたる。

ジャネットの恋を応援しているシルティ王女は、助け船を出してくれたのだろう。いいことを思いついたとばかりに目を輝かせるシルティ王女に対し、当のアマンディーヌは明らかに困惑顔をしていた。

ジャネットは断られる前にと、慌てて身を乗り出した。

「そうですわ。是非《ぜひ》お願いします！　すごくやる気が増します！　いつもの倍のスピードでこなしちゃいますわ」

拳《こぶし》を握るジャネットを見て、アマンディーヌは迷うようにシルティ王女とジャネットを交互に見て、最後にはあっとため息をついた。

「わかったわ。仕方ないわね」

「やったー!!」

ハイタッチで喜びを分かち合うジャネットとシルティ王女。

その脇で、アマンディーヌは持参した鞄をがさごそとあさり、中から何かを取り出す。テーブルの上にドン、ドンッと置かれたのは分厚い本だった。

「では、今日の課題です。ジャネット嬢は来週までにこれを読んで、各章の要約と考察をまとめておくように。シルティ殿下はこちらの本を」

それを見たジャネットは、はたと動きを止めた。ジャネットの本が異様に分厚い。この分厚さなら、いつもであれば対象のページを指定されるはずなのだ。

「これ全部？」

「そうよ」

「……なんだか、いつもより随分と分厚くありませんこと？」

「いつもの倍のスピードでこなせるなら大丈夫。暇になっても困るでしょ？」

「!! い、意地悪！」

「嫌なら途中までてもいいのよ？」

アマンディーヌがニヤリと笑う。ジャネットはひくひくと頬の表情筋を震わせた。

「わざとね？」

「なんのことかしら？」

「！ むきー、ムカつくー！」

「じゃあ、やめれば？ あと、汚い言葉遣いをしてはなりません。取り乱してもいけません」

「!!」

ジャネットは下をむいて両手を握ると、ふるふると体を震わせた。もちろん、怒りで。

「絶対、落としてやるんだからー！」

「あらまあ、楽しみ」

アマンディーヌがフフンと笑う。

このやろう、だいたい『自分の手にかかればどんな男でも虜にできる』と宣言したのはどこのどいつだ。絶対に目にものを見せてくれる。

「今に見てなさいよ！」

「まぁまぁ。ジャネット様、どうか落ち着いて……」

ビシッと人さし指をアマンディーヌに突きつけたジャネットを、今日もシルティ王女がなだめる。

怒り心頭に発したジャネットは、これまで以上に並々ならぬ闘志を燃やしたのだった。

第二章　ジャネット、乙女の夢を夢で終わらせる

この日、ジャネットは王宮でお茶会をしていた。

いれたての熱い紅茶にポトンと角砂糖を落とすと、底に沈んだ砂糖の固まりは徐々に形を崩してゆく。ティースプーンでカランと掻き混ぜると、渦《うず》と共に跡形もなく消え去った。

同じティーカップでも、砂糖の溶ける量は紅茶の温度が高いほど増えると先日、シルティ王女とご一緒した理数学の講義で習った。とても面白い。

ジャネットはその溶けるさまを注意深く見守った。

「この間の晩、フランツ様と歌劇の鑑賞に行ったの」

「フランツ様と歌劇？」

テーブルの向かいに座るマチルダの話に興味を引かれ、ジャネットはティーカップから顔を上げた。

フランツとはバウワー子爵家の子息で、シルティ王女付きの近衛騎士をしている男性だ。


先日、マチルダのお茶会に参加したジャネットは、そのお茶会のことをシルティ王女に話した。王女という立場上、気軽にお友達同士のお茶会に参加することもできないシルティ王女は、その話を聞いてたいそう羨《うらや》ましがった。

そのため、ジャネットはマチルダをシルティ王女のお茶会に誘った。そこでマチルダは近衛騎士のフランツと知り合ったわけだ。

そして、いつの間にやらいい関係になっているようだ。まだ知り合って一ヶ月も経っていないはずなのに、本当にいつの間に！

「ええ。今、ロペラ座で一番人気の『百合姫とボワンヌ伯爵』よ」

「百合姫とボワンヌ伯爵……」

「わたくし、それ知っているわ！　開演初日に観に行ったわ」

横で聞いていたシルティ王女が得意げに声を上げた。

『百合姫とボワンヌ伯爵』とは、ルロワンヌ王国では有名な恋愛小説だ。原作はジャネットも読んだことがある。

百合姫と呼ばれる美しき姫とボワンヌ伯爵の燃え上がる恋を描いたラブロマンスだ。それを昨年、国一番の歌劇団であるロペラ歌劇団が歌劇にアレンジして上演したところ、連日満員御礼の大盛況となっているという。

「歌劇もとっても素敵だったのだけど、そのあとフランツ様が香水店に連れていってくださったの。そこでね、香水を買ってくれて、渡し際に――」

マチルダはその日の夜のことを思い出したようで、頬を赤らめると「きゃあ！」っと小さく悲鳴を上げた。ジャネットはその様子を見て思った。

――う、羨ましいわ！

そんなところで話を切られると、いったい渡し際になんと言われたのか、気になるじゃないか。

『きみを僕の選んだ香りで包みたい』

『僕がいないときもこの香りで僕を思い出して』

ジャネットの乏《とぼ》しい想像力で思いつくのはこの辺りだろうか？

なんせ、ジャネットは元・婚約者のダグラスから徹底して放置されていた。デートしたことも一度もないし、香水を贈られたこともちろんない。全て想像、いや、妄想の世界だ。

「なんて言われたんですの？」

――え？　それ、聞いちゃうの？

ジャネットの心の声など素知らぬ様子で、シルティ王女はぐいぐいとそこに食い込んでゆく。マチルダは恥ずかしそうに手で顔を隠した。

「きみのことは――」

「『きみのことは？』」

シルティ王女とジャネットはゴクリと唾を呑んだ。この後に、いったいどんな甘い台詞《せりふ》が⁉　いやが上にも期待が高まる。

「きゃあ！　やっぱり言えないわ！」

マチルダは両手で顔を覆うと、嫌々と首を左右に振った。

――え？　ここまで勿体《もったい》つけておいて、そこで言うのやめちゃうの⁉

気になる。気になりすぎる！

「いいなぁ」

ジャネットは思わず、そう漏らした。

アランにエスコートされて歌劇に行けたら、そして、香水をプレゼントなんかしてくれた暁には、どんなに嬉しいだろう。ありもしないことを夢想しながら、うっとりしてしまう。

そんなジャネットの様子を見て、マチルダは眉をひそめた。

「ジャネット。アラン様とはその後、進展はなし？」

「ないわ！」

これだけは断言できる。

一ミリどころか一ミクロンたりとも進展などない。

進展ってなんですか？

たぶん、アラン＝ヘーベルという男は地中深くの基盤面に強固な鉄杭で固定されているに違いない。どんな強風や大地震が来ても動かない気がする。

「うーん、アラン様をお出かけに誘うことはできるの？　何回かここのお茶会に誘っていただいたけど、アラン様っていつもいらっしゃらないでしょ？」

「え？　ええ、まぁ。わたくしはたまに会うことはあるから、誘うことはできるけど……」

誘うことはできる。たまにどころか、ほぼ毎日顔を合わせている。オネエ姿のほうには。

ただ、誘ったところでアランが来てくれるかどうかは別問題だ。

「じゃあ、歌劇にご一緒したいって誘ってみたら？」

「アランお兄様を歌劇に？　まあ、それは素敵！」

シルティ王女まで名案だとばかりに目を輝かせる。

「うーん。来てくださるかしら？」

ジャネットとて乙女の端くれ。好きな人をお出かけデートに誘って断られたら、地味に傷つく。ましてや、それが人生初めてのデートのお誘いなのだ。乗り気でないジャネットを後押しするようにシルティ王女が身を乗り出した。

「ロペラ座だったら、王室のためにシートが確保されているはずよ。わたくし、エリックお兄様にチケットを用意できないかお願いしてみるわ。チケットが無駄になるからと言えば、アランお兄様も頷《うなず》くのではないかしら？　だめだったら、わたくしが一緒に行ってあげる」

エリックお兄様とは、シルティ王女の年の近い兄でルロワンヌ王国の第二王子――エリック殿下のことだ。

「でも、いいのですか？」

「もちろんよ！　すぐにチケットを手配するわ」

シルティ王女は任せろとばかりに胸に手を当てる。

「よかったわねえ、ジャネット！」

マチルダも自分のことのように嬉しそうに笑う。

周りがここまでお膳立てしてくれているのに誘わないという選択肢はない。ここで怖じけづいたら、一生片想いのまま終わってしまうかもしれない。

「わかったわ！　わたくし、アラン様を誘います！」

ジャネットは声高に宣言する。

「その調子よ、ジャネット！」

「素敵ですわ、ジャネット様！」

王宮の一角で、盛大な拍手が鳴り響いた。

「はい。じゃあ、今日のレッスンはおしまいよ。各自来週までに課題を済ませておくようにね」

国ごとの美人の違いを踏まえたメイクレッスンの講義を終えたアマンディーヌは、広がっているメイク道具をいそいそと片付け始めた。ジャネットは話しかけるタイミングを探ろうと、じっとその様子を見守る。

「ジャネット嬢、質問かしら？　何か言いたげね」

「えっと、あの……」

「さっきからじっとこっちを見ているじゃない？　どうかしたの？」

静かに待っているつもりが、誘うタイミングを探るばかりに凝視しすぎてしまったようだ。アマンディーヌに首を傾《かし》げられ、ジャネットは狼狽《うろた》えた。

ま、まだ心の準備が！

「あの、アマンディーヌ様」

「なに？」

「か、か、か」

「カカカ？」

アマンディーヌが訝《いぶか》しげに眉をひそめる。メイクパレットを閉じるカチャンという音がやけに大きく聞こえた。

助けを求めようと視線をさ迷わせると、両手を拳に握りしめたシルティ王女と目が合った。シルティ王女は真顔でコクコクと頷く。

ジャネットはぐっと手を握り、勇気を振り絞った。

「あの、かげ……」

「あの影？　メイクの陰影のこと？」

メイクブラシをしまいながら、アマンディーヌが聞き返す。

だめだ。緊張で心が潰れそうだ。

もうだめですとチラリとシルティ王女のほうを見ると、ぶんぶんと左右に首を振り、なぜかファイティングポーズを取っている。このままいけということらしい。

ジャネットはぐっとお腹に力を入れた。

「あの！　一緒に歌劇に行きませんこと？」

ジャネットはなけなしの勇気を振り絞って叫んだ。

言った。言ってやった！

「歌劇？」

アマンディーヌが怪訝な表情で小さく呟《つぶや》く。

「あの、シルティ王女とご一緒しようと思ったのですが、シルティ様は一度ご覧になったことがあるそうでして。お時間を取らせるのもなんですから、よかったらアマンディーヌ様はいかがかと。『百合姫とボワンヌ伯爵』っていう演目ですわ。四日後なんですけど、チケットが余ってますの。わたくしが一人で行くのもなんでしょう？　でもチケットが！」

さっきまでの緊張が嘘のように饒舌《じょうぜつ》になる。

そうです、チケットが余っているんです！　チケットが！　と、とにかく強調する。

本当はあなたと行きたくて裏で手を回してチケットを入手しましたとはさすがに恥ずかしすぎて言えない。

ジャネットの必死の様子を眺めていたアマンディーヌは少し首を傾げて考える仕草《しぐさ》を見せると、ニコッと笑った。

「いいわよ。一緒に行きましょう」

「え？　本当に？」

てっきり『行くわけないだろ、課題やれ！』とデコピンを食らわされると思っていた。想定外の反応にジャネットは驚いて、アマンディーヌの顔を凝視した。

「どうしたの？　だって、チケットが余っているのでしょう？」

「はい！」

「じゃあ、行きましょう」

「はい!!」

ジャネットはぱぁっと表情を明るくした。

アランとの歌劇鑑賞デート！

こうしてジャネットの生まれて初めての、『好きな人をデートに誘おう』ミッションは成功したのだった。

☆　☆　☆

好きな人との、初めての二人きりのお出かけ。

しかも、行き先は格式高いロペラ座の大人気公演。座席は王室及び関係者のみが使うことが許されるロイヤルボックスシート！

「うふふふ……」

嬉しい。嬉しすぎる！

もう朝から表情筋が緩みっぱなしである。

実は嬉しすぎて、昨日の夜はほとんど眠れなかった。うとうとしたと思ってもすぐに意識が覚醒《かくせい》し、外を眺めてまだ夜明け前だと確認して再び布団に潜《もぐ》り込む。一晩に何度もそれを繰り返し、やっと眠りに落ちたのは空が白み始めた頃だった。

開演は夕方四時だ。一時間前の午後三時にはアランが迎えに来てくれるはずである。

ジャネットは準備に一時間もかけて、念入りにお化粧した。お化粧をこれほど楽しいと感じたのは初めてだ。

少しでも綺麗に見せたい。

少しでも魅力的に見せたい。

髪の毛を自分で結い上げるのは苦手だけれど、これも頑張った。仕上がりに納得がいかずにやり直すこと四回。ほつれ毛などもなく上手くまとまっていると思う。

最後にお出かけ用のドレスに身を包んで鏡の前でくるりと一回転した。裾のスカラップ模様がふわりと軽やかに揺れる。

じっくりと自分の姿を上から下まで念入りに確認したジャネットは、首を横に傾げる。なんとなく首元が寂しい気がした。

ジャネットは部屋の隅に置いた宝石箱を開けると、うーんと悩んだ。

ほとんど着飾ることをしない人間だったので、アクセサリーをあまり持っていないのだ。この歳になれば婚約者や恋人からたくさんのアクセサリーを贈られるものだが、ジャネットにはそれもひとつもなかった。

　そんなジャネットだが、父であるピカデリー侯爵は可愛い一人娘のためにと、成人してから毎年ひとつ、誕生日に素敵なアクセサリーを贈ってくれた。だから、十六歳のデビュタントから数えて、十七、十八と、全部で三つのアクセサリーを持っている。

　白真珠のネックレスとイヤリングのセット、ルビーのネックレスとイヤリングのセット、そして、デビュタントの際に贈られたダイヤのネックレスとイヤリングのセットだ。

「夜だし、ダイヤかしら？」

　夜の装いということで、アクセサリーは輝きが多いものがいいだろう。

　ジャネットはダイヤのネックレスとイヤリングをつけて、鏡の前でいつも練習する淑女の笑みを浮かべる。口角がくいっと上がり、いつもの自分より魅惑的に見える気がした。

　しばらくすると、トントンと部屋のドアをノックする音がした。ジャネットの胸は早鐘を打つ。

「は、はいっ！　どうぞ」

　緊張で声が上擦《うわず》る。ドキドキしながらドアのほうを見つめていると、カチャンと音がして可愛らしいお顔が隙間から覗いた。

「シルティ様！」

「まあ、ジャネット様！　お綺麗ですわ!!　とっても素敵！」

　シルティ王女はジャネットの姿を確認するなり、両手を口元に当てて満面に笑みを浮かべる。ジャネットは慌ててシルティ王女に駆け寄った。

「わたくし、おかしくないですか？」

「おかしいなんてとんでもない！　ジャネット様は、とてもお綺麗です!!」

「アラン様もそう思ってくだされればいいのだけど……」

ジャネットは自信なさげに眉尻を下げる。

正直、ジャネットは目をみはるような美人ではない。化粧をして綺麗になったとはいえ、絶世の美女にはなり得ない。それでも、今の自分のできる限りはしたつもりだ。

「アランお兄様はいつ頃？」

「三時頃にはいらっしゃるはずです」

「そう、楽しみね！　ジャネット様は本当にお綺麗ですから、きっとアランお兄様もびっくりするわ」

シルティ王女はアランの驚く様を想像したのか、くすくすと楽しそうに笑った。

シルティ王女が様子を見に来てくれて、正直助かった。がちがちに緊張していた心がすーっと解《ほぐ》れていくのを感じる。

シルティ王女が部屋を立ち去ってから三十分後、再びドアがノックされたとき、ジャネットは思ったよりもリラックスして対応することができた。

「はいっ」

笑顔でドアを開けたジャネットは、目の前の人を見てハッと息を呑《の》んだ。

見上げるほど高い背丈、しっかりと筋肉が付きながらもしなやかな体つき、吸い込まれそうな新緑の瞳。短めの黒髪はサラリと後ろに撫でつけてある。そして、いつもの特注ドレスでも近衛騎士の制服でもなく、黒の装飾少なめのフロックコートを着ており、襟元は少し着崩していた。

――か、かっこいいわ！

アランの騎士服でない正装姿を見るのはこれで二回目だが、明確に好きと自覚した状態でこの姿を見るのは今日が初めてである。

殺人的かっこよさである。ジャネットはとっさに鼻を覆ってさりげなく指で拭う。よかった、鼻血は出ていない。

「……もしかして、アマンディーヌの姿で来たほうがよかったかな？」

硬直したまま見上げるジャネットの様子に、アランは首を傾げて見せた。ジャネットは慌ててぶんぶんと首を横に振る。

「いいえ！　アラン様でお願いします！」

「ははっ。冗談だ。アマンディーヌの姿では嫌だろう」

「……嫌？」

意味がわからず、今度はジャネットが首を傾げる。デートに憧れていたのでアランの姿がもちろん嬉しいのだが、アマンディーヌの姿でも嫌ではない。

「一緒にいると以前のように、変な輩《やから》に絡まれるかもしれないし」

アランは肩を竦めてみせる。

ジャネットは「ああ」と頷いた。そういえば数ヶ月前、アマンディーヌとシルティ王女と三人で街歩きをしたときに、おかしな連中に絡まれたことがあった。

「アマンディーヌ様はわたくしの大切なお友達で、師匠ですわ。失礼なことを言う方には、わたくしがビシッと言ってやります」

「彼女は目立ちすぎる」

「はぐれなくて意外といいのですわよ？」

ジャネットはくすくすと笑う。

「それに、アラン様は気付いていないかもしれませんけれど、目立ち具合ならアラン様もアマンディーヌ様も変わりません。だって、アラン＝ヘーベルは皆が憧れる〝氷の貴公子〟ですもの」

アランは驚いたように目をみはり、ついで口元を綻ばせた。

「そうか……。もう行ける？」

「行けます」

「では、お手をどうぞ、お嬢さん」

アランがジャネットに腕を差し出すように肘を折る。ジャネットはそこにそっと手を添えた。

さすがは現役の近衛騎士だ。布越しに触れる腕はしっかりと筋肉が付いており、ほっそりとした父親やダグラスの腕とは全く違う。距離が縮まり、いつもアマンディーヌがつけているフローラルな香りとは違う、男性的な香りがすんと鼻を掠《かす》める。触れた場所から布越しに熱が広がる気がして、急激に気恥ずかしさが込み上げる。

前回、ヘーベル公爵家の舞踏会でエスコートしてもらったときはどうだっただろうか。あのときは元・婚約者のダグラスを必ずぎゃふんと言わせてやろうと、別の理由で緊張していたので、ちっとも覚えていない。

「ドレスやアクセサリーは自分で選んだのか？」

「はい。アクセサリーはほとんど持っていないので一番合いそうなものを選んだのですが、おかしいですか？」

「いや、いいと思うよ」

新緑の瞳が柔らかく細まるのを見て、ジャネットの胸はドキンと跳ねる。『綺麗だ』とはっきりと言われなくても、もうこの胸は先ほどから高鳴りっぱなしだ。

アマンディーヌのときには軽く冗談など交わせるのに、アランの姿だと緊張してしまってどうにも上手くいかない。

「髪も自分で？」

「はい。崩れていますか？」

「今日は大丈夫。――何か髪飾りを添えれば、より華やかになってよかったかもしれない」

「確かにそうですわね。でも、ちょうどいい髪飾りがないので、今度新調します」

ジャネットは空いている手で自分の髪にそっと触れた。普段はふわふわとして扱いにくい髪は、ふたつに分けてまとめて結い上げた。後ろ側がよく見えないので気にならなかったが、言われてみれば髪飾りがあったほうが華やかだったかもしれない。

馬車に乗り込むと、ジャネットはすぐに手持ちの小さな鞄《かばん》からいつも持ち歩いているメモ帳を取り出し、さらさらとメモをした。

『トータルコーディネートをするときは、髪飾りも忘れずに』

さらに、足りないものは揃えようと思って自分が持っている髪飾りをひとつひとつ思い出しては、並べて書き出してゆく。夢中でペンを走らせていると、ふっと笑うような気配がしてジャネットは顔を上げた。

「どうかされましたか？」

「いや？　どうもしない。馬車の中で文字を書くと目が悪くなるぞ」

「あら！　それは大変だわ」

ジャネットは慌ててメモ帳をしまった。

ただでさえ地味なのに、これに瓶底メガネなどが加わった暁にはクイーン・オブ・地味女の代名詞になってしまう。その様子を眺めながらアランが口元を覆って肩を揺らしていたことには気が付かなかった。

ふと窓の外に視線を移せば、いつの間にか馬車は王宮を抜けていて城下の町並みが広がっていた。


ロペラ座には馬車で揺られること二十分ほどで到着した。大通りから見かけたことは何回もあるが、鑑賞したことは一度もない。大きな白亜《はくあ》の建物は石造りで、屋根の角からはガーゴイルが見下ろしているのが見えた。

「ジャネット嬢。手を」

先に降りたアランに手を差し出され、ジャネットはどぎまぎしながらもそこに手を重ねた。

ふと顔を上げると視線が絡み合い、ジャネットはとっさにパッと目を逸らす。元・婚約者のダグラスはジャネットのエスコートをしても、ほとんど顔を見ることもなかったから、どういう態度を示せばいいのかわからなかったのだ。

けれどすぐに、以前アマンディーヌに『柔らかい態度は相手に与える印象をよくする』と教えられたことを思い出した。おずおずともう一度顔を上げると、もう一度視線が絡んだ。

口の端を持ち上げて微笑むと、グリーンの瞳が柔らかく細まった。

優しい眼差《まなざ》しを向けられると、胸がきゅんと疼《うず》く。

ロイヤルボックスシートからはロペラ座の全景が見渡せた。王室とその関係者専用というだけあり、舞台を真正面に見た少し高い場所に位置しているのだ。

「何か頼もうか。お酒は飲めるよな？」

「嗜む程度であれば」

アランは手を上げて会場内を歩く係を呼ぶと、小声で一言、二言、何かを伝えていた。

しばらくすると、トレーを持った給仕人がやってきて、ジャネットとアランの間に置かれたテーブルにふたつのグラスとフルーツの砂糖漬けが置かれる。一口だけ飲むと、フルーティーな香りとしゅわしゅわとした炭酸特有の味わいがした。

「最近の婦人方の流行がここからだとよくわかるな」

アランの呟きを聞き、ジャネットはグラスを置いて正面を向いた。会場全体を見渡せるここからは、会場内を歩いていたり、端で歓談しているご婦人方の姿がよく見える。

髪飾りに羽をつけるのが流行だとついこの間教えられたが、扇子も羽付きが流行っているようだ。

「羽付きの扇子をお使いの方が多いですわね」

「そうだな。あとは、ドレスのスカート部分がレース重ねになったデザインが多い。下地の色は様々だが、皆濃い色の布地に透けたレースを重ねているだろう？」

「あら、本当だわ。確か、シルティ様の衣装係の方も来シーズンの流行になるだろうと仰《おっしゃ》っていましたわ」

ジャネットは相槌《あいづち》を打った。

ロペラ座歌劇団はルロワンヌ王国一の歌劇団だ。歴史が古く格式も高く、観客は皆、美しく着飾っている。ぱっと見は、昨シーズンから流行しているスカラップ模様のデザインを着たご婦人が多い。

ジャネットのドレスもスカラップ模様を取り入れたものだ。

それと同時に、会場内には衣装の一部に濃い布地と薄いレースを重ねたデザインを着ている人もチラホラと見えた。まださほど多くはないが、きっとこれから増えてきて、来シーズンにはたくさんのご婦人がこぞって身にまとうようになるのだろう。

「アラン様と来るとよい勉強になります」

「ははっ、それはよかった」

ジャネットの呟きに、アランはグラスを傾けて楽しげに笑う。


肝心の歌劇は、誰もが知っているストーリーであるにもかかわらず、驚きと感動を与えてくれるものだった。

原作が執筆されたのは百年以上も前だ。その当時を忠実に再現させた風刺は興味深い。

ドレスのデザインなども今と違うし、ダンスに誘う際に使用するダンスカードもないようだった。ダンスカードの予約が虫食い状態になることへの恐怖に怯える友人達の気苦労を思えば、羨ましいシステムだ。

演奏も歌も素晴らしく、あっという間にフィナーレを迎えてしまった。

「この時間だと開いている店も限られるけど、中心街に出てどこかに寄って行く？」

「あ、はい。ご一緒します」

歌劇が終わった後、アランにそう言われたジャネットは一も二もなく頷いた。

休憩時間に食事も済ませたし、終わったら帰るだけだと思っていたのだ。思いがけずアランのほうから誘われて、ジャネットは表情を綻ばせる。

今の季節、夜は肌寒い。馬車を待つ間、冷たい風にぶるりと体を震わせると、それに気付いたアランが肩にかかっていたケープを締め直してくれた。

大きな手が自分の首元で動いているのが見える。

アマンディーヌにはよくこういうことをしてもらっているのに、アランの姿でされると妙に胸がこそばゆく、ドキドキはおさまらなかった。

――カタ、カタ、カタ、カタ……。

馬車に乗ると、単調な振動がジャネットを揺らし始めた。

――なんだかいい気持ち……。

ジャネットは前日の睡眠不足から、急激な睡魔に襲われていた。ロペラ座で飲んだお酒も思った以上に回っている。

――これから町の中心街に行くのだから、起きていないと……。

そうは思うのに、瞼《まぶた》が堪《こら》えがたいほど重い。

「ジャネット嬢？」

「……はい」

「何か見たいお店はある？」

「ふぁい」

「ファイ？　ジャネット嬢？」

「う……ん……」

「疲れているなら帰ろうか？」

「い、……や」

「ジャネット嬢？」

「…………」

まだ帰りたくない。

二人で行ってみたい場所はたくさんある。一番行ってみたいのは香水店だ。『香水を選んでほしいです』とおねだりしてみたいけれど、恋人でもないのだからそれはだめだろう。

どこがいいだろう？　お菓子屋さんなら平気だろうか、などと思っているうちに、どんどんと意識が薄れていった。

――何かしら？　ふわふわするわ。

とても温かいし、気持ちがいい。ジャネットはその温もりに擦り寄ると、心地よい揺れにそのまま身を任せた。


「ジャネット嬢、着いたぞ」

王宮に馬車が到着したとき、自身の肩にもたれ掛かってすやすやと眠るジャネットを見てアランは困惑した。

声を掛けて肩を揺らしても、一向に起きる気配がない。仕方がないので部屋まで運んでやってベッドに横たえると、置かれたはずみでジャネットの目が一瞬パチリと開き、またとろんとした。

「……アラン様？」

「なんだ？」

「今日はありがとうございます」

「ああ。俺も楽しめた」

どこか夢見ているような瞳でこちらを見上げるジャネットに、アランも微笑み返す。

「アラン様」

「なんだ？」

「ふふっ、好きです」

不意を衝《つ》いた告白にアランは目を見開く。一方のジャネットは、嬉しそうに笑い、またすやすやと寝息を立て始めた。

「……知ってる。おやすみ」

複雑な表情でジャネットを見下ろしていたアランは、その体にそっと布団をかけると部屋を後にした。

翌朝、自室で目覚めたジャネットは頭を抱えた。

昨日、馬車に乗った後からの記憶が一切ない。気が付いたときには自室でドレス姿のまま、ぐーぐーと寝ていた。

――なんてことなの！

初デート（？）で寝落ちなどあり得ない。

これまで、友人達の様々なデート話を指をくわえて聞いてきたが、こんな失態は聞いたことがなかった。

「あの、アマンディーヌ様……。昨日は――」

その日の午前中、アマンディーヌと廊下で顔を合わせたジャネットはびくびくしながらその顔色を窺《うかが》った。

ファンデーションをしっかり塗っているせいで実際の顔色は全くわからないが。

「あら、ジャネット嬢。昨日はありがとう。楽しかったわ。いろいろと忘れられない夜だったし。じゃあまた後でね」

アマンディーヌはひらひらと片手を振って去ってゆく。ジャネットはその後ろ姿を呆然《ぼうぜん》と見送った。

「わ、忘れられない夜⁉」

ジャネットは狼狽えた。

今朝起きたとき、ジャネットは昨晩のドレスを着たままだった。だから、一線は越えていないと勝手に安心しきっていたけれど、実はそういうコトがあったのだろうか……。

「アマンディーヌ様！」

ジャネットは思わず遠ざかるアマンディーヌを呼び止めた。アマンディーヌはくるりと振り返って首を傾げる。

「何？」

「昨晩、いったい何が……？」

「昨晩？　聞きたい？」

「はい」

好きな人との初めての夜が〝記憶になし〟などあり得ない。

ゴクリと唾を飲んだジャネットを見下ろし、アマンディーヌは意味ありげに片眉を上げる。

「アホ面でぐーすか爆睡していたわ」

「うそ！」

「ほんと。おかげでこっちは結構な距離をアンタを抱えて運ぶ羽目になって、大変だったわ。さすがにあんなことは初めてよ」

「やだぁ！　ごめんなさい!!」

ジャネットは口を覆って青ざめた。

確かに馬車の中で意識をなくしたのだから、部屋までは誰かが運んでくれたはずなのだ。いくらアランが現役近衛騎士だとはいっても、相当重かったはずだ。

「あと、寝言も言っていたわ」

「……ち、ちなみになんて？」

「さあね？　なかなか記憶に残る映像だったわ」

ふっと笑うアマンディーヌの様子に、嫌な予感しか感じない。

「えぇ!?　いやぁああ！」

頭を抱えたジャネットの悲鳴が響き渡る。

何を言ったのか覚えていないことほど恐ろしいことはない。もしかしたら、ものすごく恥ずかしいことを口走った可能性だってある。

——なんてこと！　最初で最後かもしれないデートだったのに！

幻滅されてしまったかもしれない。

なぜあそこで寝てしまったのか、自分が恨めしい。

そしてジャネットは、とあることに気が付いてしまった。

——もしかして、アラン様のお姫様抱っこ！

アマンディーヌは先ほど、『抱えて運ぶ羽目になった』と言っていた。

なんということだ。大失態を演じて迷惑をかけた上に、棚ぼたで実現したかもしれない乙女の夢、お姫様抱っこの記憶がないなんて！

「……わたくし、しばらく立ち直れないわ」

ジャネットは一生の不覚として、がっくりと項垂《うなだ》れたのだった。

第三章　ジャネット、もっと頑張る

ここは、ルロワンヌ王国の煌《きら》びやかな宮殿の一室。

国王は、一枚の手紙を手に考えを巡らせていた。

手紙は上質の厚紙を使用しており、枠には精緻《せいち》な模様が描かれている。そして、中央部分には偽造防止のエンボス加工まで施されていた。つまりは、見るからにやんごとなきお方から、やんごとなきお方へと送られた手紙とわかるものだ。

「これは……つまり、そういうことだな？」

「恐らく、そういうことだと」

国王の小さな呟きに反応して、側《そば》に控えていた男性——宰相のヘーベル公爵が国王の近くに寄った。

そして、国王の目を見て、ゆっくりと頷く。

国王が手にしているこの手紙は、隣国であるシュタイザ王国の王太子、クレイン王子の二十歳の誕生日パーティーへの招待状だ。

毎年、シュタイザ王国からは王太子の誕生日パーティーの招待状が届く。しかし、例年であれば外交官が一名招待されるだけだ。

ところが今回は王族が直接招待された。しかも、王子は二十歳……。

はっきりとは書かれていないが、この時期にこの規模のイベントを開くなど、狙いはこちらの推測通り、即《すなわ》ち王太子の花嫁選びと考えてほぼ間違いないだろう。

「ならば、王族で参加するのはシルティの一択だな。お供《とも》に誰をつけるかが問題だな。レイモンドは確か、別の外遊が既に入っていたな？　となると、エリックか」

国王は、ふーむと顎髭《あごひげ》を手で撫でる。

「エリック殿下で問題ないかと。護衛の騎士は、僭越《せんえつ》ながら、我が息子がかの国の政治・経済に精通している上に近衛騎士をしておりますので、適任かと。万が一の際も殿下らをお守りできますし、各国の状況にも詳しい。お供に公爵家の人間が付くのは違和感ありません」

「ああ、そうだったな。そなたの次男のアランはシルティ付きの近衛騎士だったか。確か、クレイン王子やフランソワーズ王女とも交流があったな。では、議会にかけてそのように取り計らえ」

「承知いたしました」

ヘーベル公爵はその手紙を両手で受け取ると、仰々《ぎょうぎょう》しく頭を垂れた。


その知らせを受けたとき、ジャネットはシルティ王女とお茶会をしていた。

季節はだいぶ春めいてきたが、日によってはまだまだ外は冷たい風が吹いている。昔アマンディーヌに教えてもらった通り、ジャネットは体が冷えないように温かいハーブティーに生姜《しょうが》を加えたものを飲んでいた。

「アラン様って、どんな女性がお好みなのでしょう？」

ジャネットはナッツのクッキーを摘みながら正面に座るシルティ王女に尋《たず》ねた。

あのアラン様に『覚悟してくださいませ』宣言をしてから早二ヶ月。落とすどころか、全く相手にすらされていない。完全なるスルー状態である。

「うーん、アランお兄様からそういう話は聞いたことがないわ。これまで特に仲のよい女性も、わたくし以外には聞いたことがないし。あっ、そういえば――」

シルティ王女が何かに思い当たったように口元を押さえる。ジャネットはその様子に首を傾げた。

「どうかされました？」

「うーん、ううん。なんでもないわ。彼女は外国にいますし」

「彼女？」

「えっと、昔外遊でいらした外国からのお客様とは気が合うようでしたわ。でも、もう会うこともないですし。アランお兄様のお好みがわかったら、すぐにジャネット様にお伝えしますわ」

シルティ王女は慌てた様子で、目の前で手を振ると、へらりと笑って見せた。

外遊で来た外国からのお客様ということは、諸外国の高位貴族か女性外交官だろうか。ジャネットは興味をそそられたが、シルティ王女はすぐに話を変えてしまった。

「そういえば、ジャネット様。ドレスを新調したいと仰っていた件は、その後どうなったのですか？」

「はい、作って参りましたわ。迷ったのですけど、思いきって明るい色にしてみましたの」

「まあ、出来上がりがとても楽しみね！　今すぐに見られないのが残念だわ。完成したら、一番に見せてくださいませ」

シルティ王女はこっそりと内緒話をするように顔を寄せてふふっと笑った。

ジャネットはつい最近、ドレスをまた新調した。前回ロペラ座で見たレースと濃い色の組み合わせのデザインを、早速取り入れてみたのだ。

ジャネットのこれまで好んで着るドレスといえば、深緑色、ヘーゼル色などの、とにかく目立たない色合いだった。

元・婚約者のダグラスに徹底的にないがしろにされてきたジャネットは女性としての自信が全くな

かった。そのため、地味でたいして美人でもない自分に華やかなものは似合わないと思い込み、できるだけ目立たないようにしていたのだ。

けれど、アラン＝ヘーベルという男性に絶賛恋をしている最中のジャネットは、少しでも自分を綺麗に見せたいと思った。

地味で暗くてパッとしない自分とはさようならしたい。

そのため、思いきって今回新調したドレスは水色だ。前回のクリーム色もかなり勇気がいったが、今回はそれ以上、まさに王宮のてっぺんから飛び降りる気持ちである。

「完成して届いたら、シルティ様にもお見せしますね。――似合っていればいいのですが」

「絶対に似合いますわ。ジャネット様、最近とてもお綺麗ですもの。きっと、恋しているからですわ」

シルティ王女にふわりと微笑まれ、ジャネットも微笑み返した。

褒められるのは、たとえそれがお世辞であったとしても嬉しいものだ。いつか、アランからのお世辞でない『綺麗だよ』の言葉を聞きたい。そのためなら、今はいくらだって頑張れる気がした。

しばらく二人でお茶をしていると、居室のドアをトントンとノックする音がしてジャネットとシルティ王女が顔を見合わせた。対応していた侍女がシルティ王女に告げる。

「アラン様がお越しです。お通ししても？」

「アランお兄様が？　珍しいわね。お通しして」

シルティ王女はそう言いながら、入り口に目を向ける。

アランはアマンディーヌの姿ではシルティ王女の元を頻繁《ひんぱん》に訪れるが、アランの姿で居室を訪れることはそれほど多くはない。いったい何事だろうか。

部屋に姿を現したアランはいつになく真剣な表情をしている。

「あの……。わたくし、席を外しましょうか？」

これはもしかすると、何か重大な話をするのかもしれない。

そう感じ取ったジャネットはおずおずとそう切り出した。しかし、アランは片手を挙げて立ち上がろうとするジャネットを制した。

「いや、ジャネット嬢も聞いていてくれ」

「わたくしも？」

ジャネットは困惑気味にアランを見つめ返し、浮きかけていたお尻を再び椅子につけた。

アランはジャネットが座り直したのを確認すると、自らも目の前の椅子を引いて腰を下ろした。

「のちほどシルティ殿下には国王陛下より直々にお話があると思いますが、このたびのシュタイザ王国王太子殿下の誕生日パーティーに、シルティ殿下にご参加いただくことになりました」

「シュタイザ王国の王太子殿下の誕生日パーティーに？　わたくしが？」

シルティ王女の形のよい眉が僅かに寄る。

ジャネットはすぐさま頭の中で世界地図を広げ、ルロワンヌ王国とシュタイザ王国の地理関係を思い浮かべた。

シュタイザ王国とは、我が国の西方に位置した、ルロワンヌ王国とほぼ同じ規模の隣国だ。古来より貿易が盛んで国交関係は良好、我が国の最も大切な友好国のひとつといえる。以前、ライラック男爵の地理の講義で、美術と音楽を愛する芸術の国だと教えられたのが記憶に新しい。

「シュタイザ王国の王太子殿下の誕生日パーティーは、毎年外交官が参加していたのではなかったかしら？」

「その通りです。しかし、今回は王族が招待されました。来年は王太子殿下が二十歳になられるということで、これまでになく大規模に行うようです」

「二十歳……」

その年齢を聞いたとき、ジャネットはすぐにピンときた。

二十歳は男性が心身共に完全に成熟して最も輝き始める年齢、そして、結婚適齢期の真っ只中だ。このタイミングで諸外国の王族を招いた大規模な誕生日パーティー……。

「もしや、未来の王妃選びを兼ねている？」

「その通り。さすがはジャネット嬢、察しがいい」

アランはこくりと頷く。

一方、シルティ王女の顔には緊張の色が浮かんだ。

シルティ王女は現在十六歳。ジャネットの住むルロワンヌ王国ではもちろんのこと、多くの国々で女性の成人とされる年齢だ。そのため、シルティ王女は王族の一人として責務を果たすべく、最近多くの公務に参加し始めていた。

シルティ王女は我が国で唯一の王女だ。言わずと知れた最大のミッションは、国のために有益な政略結婚をすることであり、いずれは有力貴族に嫁ぐか、諸外国の王室に嫁ぐことになる。そんな中、シュタイザ王国は友好国であり王太子の年齢も近く、政略結婚するにはとても条件のよい相手であることは明らかだった。

「殿下。アマンディーヌとの特訓の成果を見せるときです」

アランの落ち着いた語り口調がこれが冗談ではないことを示しており、シルティ王女はこくんと唾を飲み込んだ。

「そのパーティーはいつ？」

「三ヶ月後です」

「三ヶ月後……」

シルティ王女は自分に言い聞かせるように小さく復唱した。

アランによると、このパーティーには、王太子の誕生日を祝うという名目で、近隣諸国の多くの王室関係者が招待されているようだ。

招待状には明記されていないが、実質これがシュタイザ王国の未来の王妃選びを兼ねていることは明らかなため、ほとんどの近隣諸国が王女、もしくは王室と縁のある公爵家の年頃の娘を参加させるとみられている。

ルロワンヌ王国にとって、今回の誕生日パーティーへの参加において、シルティ王女以上の適任者はいない。

「レイモンド殿下は別の予定がおありですので、シルティ殿下にはエリック殿下が同伴します。護衛の騎士団長は、僭越ながらわたしが務めさせていただきます」

「アランお兄様が？　それは心強いわ。ところで、シュタイザ王国の王太子と言えば、クレイン様かしら？」

「そうです。一度我が国にいらしてますが、覚えてらっしゃいますか？」

「もちろんよ！　二年ほど前だったかしら？　お兄様達と一緒に案内したわよね。懐かしいわ。確か、アランお兄様も一緒に過ごしたわよね？」

「はい。ご一緒させていただきました」

二人はそこから昔話に花を咲かせ始めた。

話している内容から推測するに、二年ほど前に、何かの用事でシュタイザ王国の王太子と王女がルロワンヌ王国を訪ねてきたことがあり、その際にシルティ王女は兄二人と一緒に彼らのおもてなしをしたようだ。そのとき、アランも一緒だったらしい。

ジャネットはその際のことを何も知らない。会話についていけずにぼんやりと二人の様子を眺めていると、アランが不意にこちらを向いた。

「外遊の際だが、ジャネット嬢もシルティ殿下のお付きとして同行してくれ。最近いつも一緒だし、シルティ殿下もできるだけ普段と変わらぬ状態にしたほうが、緊張が少ないと思うんだ」

「え？　わたくし？　はいっ、わかりましたわ」

ジャネットは慌てて首を縦に振って頷く。

「まあ、ジャネット様も？　嬉しいわ！」

シルティ王女は嬉しそうに両手を顔の前で合わせた。

王女殿下の初外遊のお供に指名される。これはとても名誉なことだ。

ジャネットとしては、自分などがそんな大イベントに同行させてもらっていいのかと思わなくもないが、それでシルティ王女の緊張が解れるなら是非《ぜひ》役に立ちたいと思った。

「シルティ殿下とエリック殿下に同行するということは、ルロワンヌ王国の顔となる。しっかり今まで学んだことを頭に入れて、くれぐれも行動には気を付けて」

「はい、わかっております。お任せくださいませ」

ジャネットはドンと自分の胸を右手で叩く。

人間、頼られると俄然やる気が出てくるというものだ。

そういえば、先日のアマンディーヌが宿題にした本は諸外国の食事のマナーに関するものだった。国によって食事のマナーというものは少しずつ違っており、例えばシュタイザ王国ではお手拭きのタオルの他に、手を清める小さなボールが置いてあると書かれていた。そういうことをしっかり頭に入れておけば、シルティ王女の役に立てるかもしれない。

☆　☆　☆

「アマンディーヌ様！　わたくし、ばっちり課題をこなしてきましたわ！」

その日、紅茶の蒸らし時間とお湯の温度の違いによる味の差について勉強し終えたジャネットは、胸を張って声高に宣言した。

シルティ王女の外遊のお付きになると決まってから、ジャネットのやる気はぐんぐんと急上昇している。思わず顔が引き攣《つ》りそうな課題の山もなんのその、あっという間にこなしちゃうんだから。

「あら、もう終わったの？」

「はいっ！　見てくださいませ」

ジャネットは意気揚々《いきようよう》と手持ちのノートを取り出した。

ノートにはシュタイザ王国の食文化について事細かにまとめられている。

特筆すべき点は、国家の二方向が海に囲まれているため、肉食文化のルロワンヌ王国と比べて遥かに魚貝料理が多いことだ。魚の他に、貝や甲殻類も料理に使用するという。それに伴い、食器の形状が少し違っていることなどもしっかりと調べた。

「すごいわね。この短期間で」

ノートの中身を確認したアマンディーヌは感心したように呟く。

「本当だわ、ジャネット様すごい！」

横から覗き込んだシルティ王女もその出来栄《できば》えに感嘆の声を上げた。

アマンディーヌがパラパラとめくるこのノートは、ページ数にして十枚以上の力作である。

「そうでしょう、そうでしょう！　わたくし、やればできる子ですのよ」

「ええ、知っているわ。期待通りね。ジャネット嬢は打てば響くもの」

「え？」

アマンディーヌがにこっと笑う。

調子に乗るなと言われるかと思いきや、褒められた。予想外の反応にジャネットは、ほんのりと頬を染める。

「で？　今日は何を聞きたいの？」

ノートをテーブルに置いたアマンディーヌが首を傾げる。ジャネットはうーんと考え込んだ。

『課題をひとつこなしたら、アランに関する質問にひとつ、答えてもらう』

これは以前、ジャネットとアマンディーヌが交わした約束だ。

ところがだ。ジャネットは前回までにいろいろと質問したのだが、ことごとく期待外れの回答が返ってきている。

例えば、こんな感じだ。

質問：「どんなタイプの女性がお好みですか？」

回答：「特に決まったタイプはないわね」

質問：「可愛い系女子とかっこいい系女子はどちらがお好きですか」

回答：「本人の雰囲気に合っていれば、どちらでもいいと思うわ」

質問：「料理上手な子は好きですか」

回答：「屋敷に料理人がいるでしょ？　どっちでも問題ないわ」

喧嘩《けんか》売っているのか？　と思わず聞きたくなる。でも、せっかく手にしたこのチャンス。そう簡単には諦めないんだから！

今日こそは明確な回答を得てやろうと、ジャネットは考えに考えてから質問をした。

「美味しいお菓子がひとつあります。アラン様はそれを食べたいと思っています。目の前の女性もそれを食べたいと思っていました。全部譲《ゆず》ってくれる子と、半分こにしてくれる子はどちらがお好きですか？」

「レディーファーストだから女性に全て譲るに決まっているでしょ。『ありがとう』とお礼を言ってくれれば、それで十分よ」

なんと！　遂に明確な回答を得ることに成功した！

ジャネットはすぐにお茶のレッスンのお供にしていた菓子皿を見た。ちょうどよくクッキーがひとつ残っている。なんというナイスなタイミング！

「アマンディーヌ様、クッキー食べたいですか？」

「残っているなら貰うわよ」

「あっ！」

目の前で、アマンディーヌがクッキーをひょいと摘み上げて、口の中に放り込む。クッキーはアマンディーヌの口の中に消え、もぐもぐと咀嚼《そしゃく》されてゴックンと飲み込まれてしまった。

「なんで！」

「なに？　もしかして食べたかったの？　じゃあ、明日用意しておくわよ」

アマンディーヌがフッと笑う。ジャネットはその表情を見て確信した。このやろう、わざとだな？　わざとやりやがったな!?

「意地悪！」

「はいはい、意地悪ですよ。ちゃんと明日用意してあげるからこれで我慢しなさい」

口に何かを放り込まれて、あまーい味が広がった。たくさん用意されていた砂糖菓子だ。

――今、あーんされたわ！

「あら、きゃんきゃん鳴く犬みたいにうるさかったのに、大人しくなった。ジャネット嬢は砂糖菓子で大人しくなるのね」

急に黙り込んで大人しくなったジャネットをからかうように、アマンディーヌが笑う。すぐにキッと睨《にら》みつけてやったが、赤くなった頬は隠せそうになかった。

☆　☆　☆

今夜は宮廷舞踏会だ。

豪華絢爛《ごうかけんらん》な大広間にはシャンデリアがキラキラと煌めき、ムードを盛り上げるのは楽団が奏でる極上のメロディー。

そんな中、ジャネットはダンスを踊っていた。

（……ジャネット嬢、聞いてる？）

踊っているのは、少し複雑な中級ステップだ。

音楽に合わせ、足元だけを素早く、けれど、軽快に動かす。上半身はしっかりとホールドを組んで、真っ直ぐにパートナーの新緑色の瞳を見上げた。切れ長の目尻が少し下がり、ジャネットもふわりと微笑み返した。

ダンスホールでは皆の注目の的。

だって、『氷の貴公子』とも言われるあのアラン＝ヘーベルが、年頃の貴族令嬢を相手に口元に微笑みを浮かべてダンスを踊っているのだから。

「見て。アラン様が踊ってらっしゃるわ。それも、あんなに楽しそうに」

「まあ、本当だわ。お相手のご令嬢はどなた？」

「羨ましいわ」

「あれはピカデリー侯爵家のジャネット様よ。最近、とてもお綺麗になって」

扇《おうぎ》を手に口々に囁き合うご令嬢の間をすり抜け、ダンスを終えたジャネットとアランは手を取り合ったまま、汗ばんだ体の熱を冷まそうと薄暗いテラスへと向かった。

（……ジャネット嬢。ジャネット嬢？）

「ジャネット、素晴らしいダンスステップだった。正直、こんなに短期間で上達するとは思わなかったよ」

「まぁ、うふふっ。それほどでも。アマンディーヌ様の指導の賜物《たまもの》ですわ」

「いや、ジャネットの努力の賜物だ」

真っ直ぐにこちらを見下ろす瞳の奥が熱を孕《はら》む。

「ジャネット。今夜のきみはとても魅力的だ」

「アラン様、いけませんわ。こんなところで……」

「もう、我慢できないんだよ」

潤んだ瞳で見上げるジャネットの頬に手が添えられ、ゆっくりと秀麗な顔が近づく。

ジャネットは静かに目を閉じた――。


――パチコーン!!


「い、痛いっ！」

軽ーい音がしておでこに鋭い痛みが走る。とっさに手でそこを押さえたジャネットは、鋭い殺気を感じて涙目のまま恐る恐る顔を上げた。

「アンタ、さっきから人の話を聞いているの？　にまにまして完全に心ここにあらずみたいだけど」

ドスの利いた声を発し、眼前にズイっと迫ってきたのは宮廷お抱えの美容アドバイザー、アマンディーヌだ。はっとして周囲を見渡せば、隣にいるシルティ王女もキョトンとした表情でこちらを見つめている。

「アンタ、人が懇切丁寧に教えているのに、やる気あんの⁉」

新緑色の瞳の奥には怒りの炎が燃えている。

同じ人物が熱を孕んで眼前に迫るシチュエーションでも、これはちょっと違う。ジャネットの求めているのはこれではない。

しかも、なんだかお怒りのようだ。これは早く言い訳しないとまずいことになる。

ジャネットは慌てて表情を取り繕うと、コホンと咳払いをした。

「ほら、アマンディーヌ様は常々から、『上手く踊れたイメージを頭に描きながらステップを踏め』と仰るでしょう？　だから、イメージを膨《ふく》らませておりました」

「上手く踊れたイメージ？」

アマンディーヌが片眉を器用に上げる。

ジャネットは大真面目な顔をしてコクコクと首を縦に振った。

決してうそは言っていない。ただ、妄想をちょっとばかし膨らませすぎただけである。

ジャネットの壊滅的だったダンスの技術は、努力の甲斐あって、初級ステップであればそこそこ見られるくらいまでに上達した。そこで、今は一歩進んで中級ステップの練習をしている。

魅力的な女性として舞踏会会場で視線を独り占めするために、ダンスステップは欠かせない技術だ。

先ほど、先週習ったステップの動きのおさらいをして、今はダンス講師の先生が踊る見本を見ていたところだった。

ジャネットは優雅に見本を踊って見せるダンス講師達の様子を眺めながら、それを自分に置き換えてイメージを膨らませていたわけである。ただ、ちょっとばかし上手く踊れた後のアンナコトやコンナコトまで妄想を膨らませすぎたことは否定できない。

しかし、言うと大惨事になることは目に見えているので、決して口には出さない。

「本当かしら？　うそくさいけど？」

「本当ですわ」

「ふうん？」

アマンディーヌは探るように目を細めた。

「わかったわ。じゃあ、まずはジャネット嬢から踊ってみて」

アマンディーヌは大広間を手のひらで指し示した。広間の中央には、ついさっきまでシルティ王女とジャネットに見本を見せるために踊っていた、ダンスの講師達がいる。

アマンディーヌがジャネットに前に出るように促したのを見て、ダンスの女講師は一歩後ろに下がり、男講師は片手を差し出した。鼻の下のチョビ髭がチャーミングな中年の先生である。

「もちろんですわ。見ていてくださいませ」

ジャネットはつんと顔を上げる。

先ほどの妄想では、ジャネットのダンスは完璧だった。あのアラン＝ヘーベルをも虜にする（妄想だけど）華麗な動き！　よって、あの通りに踊れば完璧なダンスが踊れることは間違いない。

「はーい。いくわよ。音楽」

アマンディーヌの掛け声で、たった三人のこぢんまりとした音楽隊が演奏を始める。上品な音楽が奏でられると、途端《とたん》に本当の舞踏会かのような空気が流れる。

そんな中、ジャネットは目の前の男講師に片手を取られ、もう片手を腰に回された状態で向き合った。

軽やかに、美しく。覚え立てのステップを華麗に踏む。

まるで、宙を舞う蝶のように！

そよ風に揺れる花のように!!

――か、完璧だわ！

ジャネットは心の内でガッツポーズをした。きっと、この姿を見ているアマンディーヌ、もとい、アランも惚れ惚れしているに違いない。

「ちょっとー！　ストップ！　ストーップ!!」

大きな声を上げたアマンディーヌがパンパンと手を叩いた。調子よく踊っていたジャネットは、はたと動きを止める。

「アンタ、何やってんのよ！」

「先ほど習ったステップですが？」

「全然違うじゃない！　それじゃあタコ踊りに逆戻りだわ」

「タコ踊り……」

ジャネットは納得いかない表情で小さく呟いた。

かつてのジャネットはダンスが下手すぎて、ワルツの初級ステップを踏んでいるにもかかわらず、タコの創作ダンスをしていると勘違いされたことがある。完璧なステップのはずがそれに逆戻りだなんて、結構、いや、かなり傷つく。

ジャネットはむぅと口を尖らせた。

完璧なはずなのにおかしい。

――いったい、何がいけないのかしら……？

首を傾げて考えること数十秒。

そして、気が付いてしまった。

あのイメージと何が決定的に違っていたかに！

「わかりましたわ！　これはアマンディーヌ様が原因ですわ」

「わたしが？　それは、どういうことかしら？」

その意図が摑めないようで、アマンディーヌはジャネットを見つめたまま眉を寄せた。

「はいっ！　アマンディーヌ様がちょっとアラン様を探してきてくだされば、わたくしのダンスも完璧ですわよ？」

「？　ごめんなさい。ちょっと意味がわからないわ」

アマンディーヌは訝しげに眉を寄せ、頰に手を当てた。

「だから、アラン様がダンスのお相手でしたら、わたくしは蝶のように軽やかに踊れるのです。さっきイメージしたから間違いありませんわ。ほらっ、恋は不可能も可能にするって言うでしょう？」

ふふんっとジャネットは胸を張り、得意げに笑う。

「――ひとつ聞いてもいいかしら？　いったいどんなイメージを？」

「やだー、アマンディーヌ様ったら。わたくしにそれを聞いちゃいます？」

ジャネットは頬を赤らめて両手で頬を包んだ。熱を孕んだ瞳で眼前に迫るアランの表情が浮かび、キャーっと小さく悲鳴を上げる。

「きっと、このダンスでわたくしは舞踏会の注目の的になっちゃいますわ」

「……このままだと、それは間違いないわね」

「でしょう？　さあさあ、早くアラン様を——」

目を輝かせて横を向くと、なぜかアマンディーヌがふるふると震えている。

「あら？　アマンディーヌ様、どうされたの？」

「アンタ、このままだとシュタイザ王国でも注目の的になっちゃうのよ」

アマンディーヌが低い声でそう言った。

「シュタイザ王国で？　まぁ、それは素敵！」

ジャネットは両手を胸の前で組んだ。

遠い異国の地で優雅にダンスを踊り、最後に憧れの人から愛の告白。なんて素敵なシチュエーション！　これぞ、完璧なる乙女の夢を具現化した状況である。

「アマンディーヌ様、楽しみですわね！」

「テメエ、つべこべ言ってないで真面目にやりやがれー！」

久しぶりにおネエがキレた。それも、まれに見る大激怒である。

スコーンと音がしておでこに痛みが走る。

「痛いっ！　なんで！」

「うるさい！　さっさとやりなさいっ！」

結果、ジャネットはダンスレッスン毎日三時間追加の刑に処されたのだった。

☆　☆　☆

勉強は好きだ。

知らなかった世界を知れるから。

得た知識は自分を裏切らないから。

地味な自分が、他の人より優れていると思える数少ないことだったから……。

黒板に向かう男性が手を止めたのとほぼ同時に、机に向かっていたジャネットは、ふと外を眺めた。

ガラス越しに見えるのは、若葉が萌《も》え始めた木々の姿。アランの瞳のような新緑に彩《いろど》られたその細枝で、体を膨らませた小鳥が羽を休めている。

「──さて、ここまででご質問はありますか？」

穏やかな、けれど眠くなるような、ゆったりとした口調でそう問いかけるのはアキュール様だ。国立科学技術研究所で主任研究員をしている、若手の研究員だ。オベール伯爵家の次男だが、爵位が継げないためにこの職についたという。爵位を継げない貴族の子息は騎士か文官か研究者になることが多い。あとは、医者や法律家……。

部屋の中に独特の気だるい空気が漂う。隣にいるシルティ王女が片手で口元を覆うと、小さく「ふぁ」と声が漏れる。欠伸《あくび》を噛み殺したのだろう。

近年、科学技術の進歩は目覚ましい。ジャネットにはまだよくわからないが、その進歩は産業の発展、ひいては人々の生活の利便性向上と国の繁栄に役立つのだと言う。

今日は複雑な図形の面積の求め方を習った。これがわかっていれば、例えば測量からの作付面積の正確な割り出しなどに応用できるため、領地の農業生産高の予測がより正確にできるようになる。

「アキュール様。質問しても？」

「もちろんです。どうぞ」

「例えばこういう形だったらどうするのですか？」

ジャネットは手元の紙にペンを走らせて、変形の図形を描いた。アキュールはそれを横からひょいと覗き込み、顎に手を当てた。

「この場合は、わかりやすくするために、このように線を引きます。ここことここを測量するのがいいでしょう」

アキュールはジャネットからペンを受け取ると、図形の中に数本の補助線を引いた。すると、図形が三角形と四角形の組み合わせに変わる。

「まあ、すごいわ！　ありがとうございます!!」

「どういたしまして」

これなら自分でも計算できるかもしれない。ほくほくとした笑顔で見上げるジャネットを見つめ、アキュールはにっこりと微笑んだ。

「アキュール様はすごいですわね。どんな難問もすらすら解けるのかしら？」

「そんなことはないですよ。わたしにも解けない問題はたくさんあります。だから、今も勉強中です」

「そうなのですか？」

ジャネットはキョトンとした顔でアキュールを見上げる。

いつもすらすらと数学を教えてくれるアキュールでも解けない問題があるなんて、世の中にはジャネットの知らない難問がたくさんあるようだ。

ジャネットは侯爵令嬢として生きてきたので、貴族令嬢として必要な知識はきちんと備わっている。しかし、このような数学の応用問題の解き方はシルティ王女と一緒に勉強をするようになってから初めて知った。

男性の通う学校ではある程度習うようだが、女学校では足し算や引き算、それに簡単な積算と除算しか習わなかったのだ。そして、初めて習うそれはジャネットにとって、とても楽しいものであった。

講義を終えてアキュールを見送った後、ジャネットはもう一度椅子に座った。今度は別の形の図形を描き、しばらく無言でそれを眺める。少し迷うようにペンを走らせると、四角形と三角形の近似形の組み合わせになった。

「……面白いわ！」

「そう？　わたくしにとっては苦痛以外のなにものでもないわ」

横でジャネットを眺めていたシルティ王女は理解できないと言いたげな様子で呟いた。よく見ると、形のよい眉はひそめられている。

「シルティ様は座学のお勉強があまりお好きではないですものね」

「好きでないというか、嫌いだわ！」

シルティ王女は拳を握って断言した。

毎度のことだけれど、相変わらずのシルティ王女の様子にジャネットは苦笑した。それでも、シルティ王女は決して講義を抜け出したり、受けたくないと駄々をこねたりはしない。王族としての自覚があるのだろう。立派なことだと思った。

「訓練場に行かれますか？」

ジャネットから声を掛けると、シルティ王女はパッと表情を輝かせた。

「ええ、いいかしら？　ジャネット様も行くでしょ？」

「はい。ご一緒させていただきます」

ジャネットは口元に笑みを浮かべてこくりと頷いた。

まだ冬の寒さが少し残る今の時期、屋外の日当たりが悪い場所にある訓練場はとても寒い。寒さが苦手なジャネットとしては、本当はこのまま計算でもしていたいところだが、シルティ王女は行きたがっている。ここで、『では、お一人でどうぞ』と言わずに相手に合わせる心配《こころくば》りくらいは、ジャネットにもできる。

それに、訓練場に行けば彼に会えるかもしれない。

ドレスから動きやすい服装に着替えたシルティ王女とジャネットは、早速騎士団の訓練場へと向かった。

――いたわ！

訓練場の入り口から中の様子を覗いたジャネットは、ドキリとした。遠目に、黒い髪の長身の男性――騎士服姿のアランが同僚と剣を打ち合っているのが見えた。

ガン、ガンッと野太い金属音が辺りに響いている。アランは打ち合いに集中しているようで、遠目に見える真剣な眼差《まなざ》しが、彼の精悍《せいかん》さを引き立てていた。

ぽーっと見惚れるジャネットの後ろから、シルティ王女がひょいと中を覗いた。

「あら、ちょうどいいわ。アランお兄様ー！」

シルティ王女の大きな呼び声に、剣を打ち合っていた二人がピタリと動きを止めてこちらを見る。そして、剣を下ろして顔を見合わせるとこちらに近づいてきた。

「今日も護身術レッスンを？」

「ええ。お願いできる？」

「もちろんです」

シルティ王女におねだりされたアランは柔らかく目を細めると、持っていた剣を訓練場のわきに置いた。アランと一緒に剣の訓練をしていたフランツも遅れてこちらにやってくる。

「お二人とも見事な剣の打ち合いでしたわね」

「そう？　ありがとう」

感嘆の声を漏らしたジャネットに、フランツは気をよくしたようでにこりと微笑んだ。

「もうすぐ、シルティ王女の隣国外遊の同伴があるだろ？　何もないとは思うけれど、訓練は欠かせないからね」

フランツが続けた言葉にジャネットは相槌を打つ。

「誕生日パーティーは二ヶ月後でしたかしら？」

ジャネットは頭の中で、シルティ王女の予定表を思い浮かべた。

「ああ、そうだよ。ただ、シルティ殿下の初めての外遊だから、体に負担が少ないよう、ゆっくりとした行程が組まれる予定なんだ。片道十日間かける予定」

「そんなに？」

ジャネットは驚いて、横にいるフランツを見上げた。

ジャネットの知識では、シュタイザ王国の王都と我がルロワンヌ王国の王都はそこまで離れてはいない。実際に往復したことはないが、地図で見た限りでは片道一週間もあれば到着する距離に思えた。きっと、シルティ王女が慣れない旅で体調を崩したりしないよう、細心の注意が払われているのだろう。滞在は三日程度だから、移動のほうがずっと長いことになる。

「ジャネット嬢は同伴の予定？」

「はい。ありがたいことにご指名いただけました」

「そう。実は、僕も今回の護衛任務に指名された。シルティ王女の護衛にあたる近衛騎士隊長はアランが務める予定だよ」

「ああ、そうでしたわね」

ジャネットは少し離れた場所にいるアランへと目を向ける。

訓練場の中央付近で、アランとシルティ王女は早速準備体操を始めていた。柔軟体操をしているシルティ王女の背中をアランが押している。シルティ王女は体が柔らかいので、ぺったりと胸が地面についていた。

「さて、じゃあ僕らもそろそろレッスンしようか」

「お付き合いいただけますか？」

「もちろん。近衛騎士は男ばかりだから護衛対象のシルティ王女から離れなければならないことも多い。そんなとき、シルティ王女の身の回りに護身術に長《た》けた人間がいることはとても心強いんだ」

フランツは屈託なく笑う。そう聞いて、ジャネットはなるほどなと頷いた。騎士は男しかなれないという決まりはないが、実際には男しかいないと言っていい。

ルロワンヌ王国唯一の女性近衛騎士は現在王妃様付きとなっており、シルティ王女付きの女性騎士は一人もいなかった。着替えや湯浴《ゆあ》みのときなど、どうしても目を離さざるを得ないのだ。フランツはジャネットに、そのときの護衛としての役割を期待しているのだろう。

「早速始めようか」

「はい！」

ジャネットは以前に比べると、だいぶ護身術が上達した。相手の動きが緩慢《かんまん》であれば難なく押し倒すことが可能だし、相手から手が伸びてきた際の反応もよくなったと思う。

さすがに現役近衛騎士から本気を出されればひとたまりもないが、手加減してくれるので問題ない。特に、ジャネットは足払いで相手の足元をふらつかせるのが得意だった。

「だいぶ上手になったね」

「そうですか？　うふふっ。では、シルティ様のサービスシーンはわたくしが命をかけてお守りしますわ！」

拳をぐっと握り込むジャネットを見て、フランツはきょとんとした顔をする。そして、すぐに笑い出した。

「これは頼もしいな。でも、ジャネット嬢はあくまでもか弱い女性なのだから、無理せずに助けを呼ぶんだ。わかる？」

「……は、はい」

カーっと耳が赤くなるのを感じる。『上手になった』と言われても、元が完全なる素人なのだからたいしたことないのだ。それなのに、ついつい嬉しくて調子に乗ってしまった。

「ジャネット様！　楽しそうですわね。なんのお話を？」

ジャネット達の楽しげな様子に気付いたシルティ王女が目を輝かせてこちらにやって来た。後ろからアランもついてきている。

漆黒の髪を靡《なび》かせて、涼しげな目元に新緑のような瞳。鮮やかな緑色の瞳と視線が絡み、ジャネットの胸がトクンと跳ねた。

「今度の外遊で、シルティ様の身はわたくしが守りますって話を……」

ジャネットは別の理由で赤くなった顔をごまかそうと、口元を手で覆い、ほほほっと笑った。

アランの眉間に皺《しわ》が寄る。

「ジャネット嬢が？　近衛騎士がつくだろう」

アランの眉間に皺《しわ》が寄る。ジャネットは慌てて両手を胸の前で振って見せた。近衛騎士のことを信用していないわけではないのだ。

「もちろん、近衛騎士の方々のことはとても頼りにしております。けれど、さすがに入浴中や着替え中はお側を離れるでしょう？」

「ああ、なるほど……」

アランが小さく呟く。そして、真摯《しんし》な眼差しをジャネットに向けた。

「王女殿下を守ると忠義に燃えるのはいいことだが、無理は禁物だ。ジャネット嬢は騎士ではないのだから」

「そうですわ。わたくし、ジャネット様と同じくらい強いですわ」

シルティ王女も頬を膨らませる。

ジャネットは恥じらいからの居心地の悪さを感じながら二人を見返した。

「はい、わかっております。先ほどフランツ様にも同じことを言われましたわ。自分の力量くらい、わきまえております」

ジャネットはあくまで素人が少しかじっただけのレベルであり、近衛騎士達の足元にも及ばない。それくらいはわかっていた。アランの形のよい眉間にますます皺が寄る。

「そういう意味じゃないんだ」

「え？」

見つめ返すジャネットに答えることなくアランはフイッと目を逸らす。そして、シルティ王女に視線を向けた。

「ところでシルティ殿下。今日は数学の講義だったと記憶していますが、いかがでしたか？」

突然話を振られたシルティ王女はきょとんとした表情をしてから、おほほっと口元を引き攣らせた。

「とても興味深いお話でしたわ。ねえ、ジャネット様？」

あとは任せたとばかりにすぐさま会話をジャネットに振る。ジャネットは先ほど習ったことを思い出し、表情を綻ばせた。

「はい。今日は、複雑な図形の面積の求め方を習いました。とても面白いのですよ。例えばこういう図形があったら、ここところの長さを測れば簡単に面積が求められますの」

ジャネットはその場にしゃがみ込むと地面に図形を描き、補助線を引いた。

「お二人は国立学院で学んでらっしゃるからご存じでしょうが、わたくしは初めて知りました。たぶん、ほとんどの人は知らないはずです。わたくし、こういうことは領地に戻ったらもっと領民に積極的に教えてあげるべきだと思うのです。だって、正確な作付面積がわかれば収入の予測につながるし、人手がどれくらいかかるかや、肥料がどれくらい必要かなんかもわかるでしょう？　それに、数学ってとても大事です。計算がちゃんとできれば日常の買い物はもちろん、領主に多くの作物を搾取《さくしゅ》されているのではと領民が疑心暗鬼《ぎしんあんき》になることもなくなりますし、領主の不正も減ります。素晴らしいでしょう？　わたくし、いつか領地に領民が通える高等教育機関を作りたいです」

そこまで夢中で話し、ジャネットは、はっとした。気付けば、フランツとシルティ王女が呆気に取られた顔で自分を眺めている。

ジャネットは急激に気恥ずかしさを感じて顔を俯かせた。

「申し訳ありません、夢中で喋りすぎました」

たぶん、自分は貴族令嬢としては変わり者なのだろう。こんな話題を夢中になって話す貴族令嬢など、周りで聞いたことがない。

俯いたままでいると、頭上からフッと笑うような気配がした。おずおずと顔を上げると、新緑の瞳が優しくこちらを見つめている。

「相変わらず、ジャネット嬢らしいな」

平静を取り戻していたはずの胸が再びトクンと跳ねる。

アマンディーヌであるアランには、こんなことに興味を示すなんて女らしくないと怒られるかと思っていた。それなのに、この反応は反則だ。

なんだか、目の前の人が自分を素から理解してくれているような錯覚に陥《おちい》りそうになる。そういえば、初めて会った日も、ぐちゃぐちゃのジャネットの髪を笑わずに直してくれて、可愛いと言ってくれた。

――アラン様、やっぱり好きだな……。

白い近衛騎士の制服を羽織る後ろ姿を眺めながら、ジャネットは胸の前でぎゅっと手を握りしめた。

――いつか、一方通行のこの気持ちが報われる日が来ますように。

心の中でそんな願いを呟いた。

☆　☆　☆

シルティ王女付きの行儀見習いとして過ごす間も、ジャネットのもとには定期的に手紙が届く。

差出人は実家であるピカデリー侯爵家だったり、マチルダを始めとする友人達であったり、行き付けの仕立屋であったり様々だ。

その日も何通かの手紙を受け取ったジャネットは、部屋でそれらを読んでいた。

「えっと、なになに？　庭の夏みかんの収穫が終わりました。今年も砂糖漬けにします、と。あれ、そのまま食べると酸っぱいけど、砂糖漬けにすると美味しいのよねー」

まず実家からの手紙を開いたジャネットは、その内容を見て独りごちる。

実家のピカデリー侯爵家の庭には、それは見事な夏みかんの木があった。毎年寒い季節になるとそれがたわわに実り、冬を越して暖かくなった頃に収穫の時季を迎える。庭師と一緒に夢中でそれをもぎ取るのがジャネットの、この季節の恒例行事だった。

もぎ取った夏みかんは、そのまま食べるにはやや酸っぱい。そのため、屋敷の料理人がいつも砂糖漬けにしてくれた。何十個も取れるので、それはそれはたくさんできるのだ。

『今年も美味しい夏みかんの砂糖漬けやジャムを食べられるのを楽しみにしています』

返事には近況と共に、そう書き添えた。

次に開いたのは友人のマチルダからの手紙だった。

「またお茶会をするのね。行きたいわ。それに、なになに……まぁ、今シーズンの残り期間、エスコートはフランツ様に!? ああ、羨ましいわ!」

マチルダからの手紙には近々お茶会を開くので来てほしいというお誘いと、フランツから今シーズンの残りの社交パーティーでは全てエスコート役をやらせてほしいと申し込まれたという喜びの報告が書かれていた。

パートナーが決まっていない未婚女性のエスコート役は特に指定はないが、ワンシーズンのエスコートを一人が務めるのは、婚約者、もしくは婚約間近であることを示している。

まだ知り合って数ヶ月だし、シーズン途中からなのでワンシーズンまるごとではないが、二人は順調に愛を育《はぐく》んでいるのだろう。

「いいなぁ……」

前回の社交シーズン、ジャネットのエスコート役は婚約者だったダグラスが務めた。

と言っても、往復同伴してダンスも踊らずに放置プレーだったが。そして、社交シーズンも終わりにさしかかった頃、泣きべそをかいているところをアマンディーヌに発見され、無理やり王宮の行儀見習いにされて今に至る。

アランにエスコートされて参加したヘーベル公爵家の舞踏会が、ふと脳裏に蘇《よみがえ》った。ジャネットがダグラスに見切りを付けて、別れを告げた舞踏会だ。

緊張したけれど、とても楽しかった。またアランにエスコートしてほしいと思うけれど、女性から男性を直接誘うのは、一般的にははしたないとされる。

前回は事情が事情だっただけに躊躇《ちゅうちょ》なくお願いしたが、次のエスコートもお願いするのはさすがに気が引けた。

こういう場合は家を通してエスコートのお願いをするのだが、アランの実家であるヘーベル公爵家はジャネットの実家であるピカデリー侯爵家より遥かに格上だ。断られる可能性もあり、もしそうなったら立ち直れない。

『お茶会は是非参加したいわ。フランツ様の件はおめでとう、でいいのよね？　正直羨ましいわ。わたくしも頑張ります』

マチルダへの返信にはそのような内容を書き綴《つづ》った。フランツはちょうど社交シーズンの終わりかけの頃にシルティ王女の護衛としてシュタイザ王国に行く必要がある。それでも、この二人ならその距離と時間の壁を乗り越えて幸せを摑むだろう。

そして、最後の手紙を見たとき、ジャネットは、はたと動きを止めた。封蠟《ふうろう》の紋章がウェスタン子爵家のものだったのだ。

「ウェスタン子爵家……、ダグラス様のご実家？」

——今さら、いったいなんの用事かしら？

ジャネットは怪訝に思いながらも、その手紙の封を切った。

『きみに会えなくなってから、食事が喉を通らない。夜もよく眠れず、ただ過ぎた日々を想うばかりだ。胸が苦しく、耐えられない。一目だけでも、きみに会いたい』

手紙には、こんなようなことが書かれていた。

ジャネットは衝撃を受けてガバッと顔を上げた。読み間違えかと思ってもう一度文章をさらったが、やはり同じことが書かれている。

「なんてこと！」

ジャネットは驚きのあまり口を両手で覆った。

「ちっとも知らなかったわ。ダグラス様、大病に侵されていたなんて……」

書いてあることは食事ができないとか、眠れないとか、胸が苦しいとか、どれも病気であることを窺わせた。

決別したとはいえ、元は婚約者。しかも、勝手にこちらが勘違いして婚約者にしたという点では、ある意味被害者であるとも言える。

確かにダグラスにはひどい扱いを受けたけれど、こんな手紙を受け取りながら無視することなど、ジャネットの性格的にはできなかった。

ジャネットは大急ぎで部屋を飛び出した。

そうして飛び込んだシルティ王女の応接室。目的の人物は予想通り、シルティ王女の近くに控えていた。

「アマンディーヌ様！　大変ですわ。聞いてください！」

飲んでいたアップルティーのカップをソーサーに置くと、アマンディーヌは訝しげな顔をしてジャネットを見つめた。ソーサーとカップがカタンと小さな音をたてる。

「ジャネット嬢、取り乱してはいけません」

「それはわかっていますわ。でも、今は一大事なのです。ダグラス様が――」

ジャネットは今さっき手紙で読んだ内容をアマンディーヌに伝える。

「――ダグラス殿が？」

「ええ。大病を患《わずら》っているようなのです」

「そんな噂、聞いたことないけど？　フランツからも聞いていないし」

「でも、見てください。胸が苦しいとか、眠れないとか。きっと、とてもひどい病気ですわ。わたくしにまでこんな手紙を送ってくるなんて、よっぽどです。もしかして、瀕死《ひんし》かも」

アマンディーヌは胡乱《うろん》な目でジャネットが握りしめる手紙をひょいと取り上げると、おもむろに文面を確認した。

ジャネットは固唾《かたず》を呑んでその様子を見守る。

「ほらっ、ね？　ご飯を食べられないとか、眠れないとか、胸が苦しいって書いてあるでしょ？」

「確かに書いてあるわね」

「きっと、死にそうな病気に違いありません。決別したとはいえ、お見舞いの品くらい送ろうと思うのですが、何がいいでしょう？　病気に効くハーブはありますか？」

真剣な表情でジャネットが見つめていると、アマンディーヌは無表情のまま手紙をテーブルに置き、鼻の付け根の目頭部分をほぐすようにぐりぐりと指で押した。

そして、しばらく頭を抱えるように項垂《うなだ》れると、ゆっくりと顔を上げた。

「これはね、お勧めの品があるわ。葱《ねぎ》よ」

「葱、でございますか？」

予想外の品に、ジャネットは眉を寄せる。お見舞いの品に葱とは、あまり聞かないが、その心は？

「いいこと？　遠く離れた異国の地では、老若男女を問わず、病人は首に葱を巻いて寝るのよ。瑞々《みずみず》しい葱を大量に送りつけてやって、おっと間違えたわ、送って差し上げたらダグラス殿の病気はすぐに全快するわ」

「まあ！　そうなのですね？　わたくし、ちっとも知りませんでしたわ」

ジャネットは基本、深窓の令嬢。

真面目で人を疑わないピュアな子である。

アマンディーヌの言葉をばか正直に信じてダグラスに葱を送った。それも、採れたて新鮮なものを馬車に乗りきらないくらいに大量に。

ついでに、『胸の痛みと睡眠不足は葱を首に巻いてくだされば軽快します。巻いた葱はお鍋でくつくつ煮込めばたっぷりと甘みが増して、喉も通りますわ。ダグラス様の一日も早い回復をお祈りします』と丁寧な手紙もつけて。

「アマンディーヌ様！　ダグラス様の体調、回復されたようですわ。追加で送ろうかとお手紙で聞いたところ、『もう大丈夫だ』と。アマンディーヌ様ってお医者様みたいですわね！」

後日、アマンディーヌと顔を合わせたジャネットは早速お礼を言った。

葱効果は思った以上に高かったようだ。葱を送った翌々日には、ダグラスから全ての症状が消えたので、葱はもう必要ないと手紙が来た。

「そう、それはよかったわ。ところでアンタ、これまで本当にモテなかったのね……」

「なんですか、突然！」

「恋文をもらったこと、ないでしょ？」

「失礼な！　わたくしにだって恋文の一通や二通――」

「来てないでしょ」

ジャネットはぐっと言葉に詰まった。

そんなこと、一度も話したことがないのになんでわかったんだ？　やっぱりエスパーなのか⁇

眉根を寄せるジャネットを見つめ、アマンディーヌはふうっと息を吐く。

「まあ、いいわ。これからは何通か来るんじゃないかしら」

「え？　本当に？」

ジャネットは嬉しそうに表情を明るくした。

男性からの恋文！

友人から聞いたことや恋愛小説で見たことはあるけれど、ジャネット自身は一度も受け取ったことがない。正直、一度くらい受け取ってみたいという憧れはある。

恋文とはいったいどんなことが書かれているのだろうかと期待に胸を膨らませていると、無表情にその様子を眺めていたアマンディーヌが意地悪くニヤリと笑った。

「やっぱり来ないかもね」

「！　なんでですか！」

「さあ、なんででしょう？」

「意地悪！　絶対に、配達用の手紙トレーからこぼれるくらい恋文が届く、いい女になってやるんだから!!　見ていてくださいませ！」

「あら、それは楽しみね」

アマンディーヌは扇で口元を隠すと、声を上げて楽しげに笑った。

第四章　ジャネット、他人の恋に奔走する

布袋を落とさないように背筋をしっかりと伸ばして。真っ直ぐに前を見て、顎を引いて、口元は少し微笑みを浮かべて――。

ジャネットは広い大広間の中を颯爽《さっそう》と一周する。最後まで歩ききってから立ち止まり、にっこりと微笑んで礼をする。それに合わせて、パンッと手を叩く音が大広間に響いた。

「オッケーよ。とてもよくできているわ。敢《あ》えて言うなら、周りにゲストがいることを想像して自然な視線の動きを。わかった？」

「わかりました。気を付けます」

ジャネットが頷くと、アマンディーヌは小さく頷いてシルティ王女に向き直った。

「では、次はシルティ殿下」

「はい」

シルティ王女が緊張の面持ちで足を踏み出す。すると、数歩踏み出したところで、すぐに足元がもつれ、その拍子に頭の布袋がコロンと落ちた。

「ストーップ！　シルティ殿下。もう少し顎を上げてくださいませ！」

「ご、ごめんなさいっ」

シルティ王女は慌てた様子で布袋を拾い上げた。

ジャネットはその様子を眺めながら、むうっと眉を寄せた。

このような初歩的なミスは普段のシルティ王女ならまずしない。いそいそと頭に布袋を乗せて歩き始めたシルティ王女は、数メートル進んだところですぐにつまずいて体をよろめかせる。

「シルティ様、大丈夫かしら？」

「うーん、だいぶ緊張しているわね」

心配げに見つめるジャネットの横で、アマンディーヌも頬に手を当てて眉を寄せる。

初の外国での公務への出発は一ヶ月後に迫っていた。

シルティ王女が緊張するのも無理はない。

しっかりものの王女とはいっても、まだ弱冠十六歳の少女だ。初めての外交が大国の王太子殿下のパートナー探し。しかも、シルティ王女がシュタイザ王国で王太子の心を射止《いと》めてくることを我が国の貴族達が望んでいるのは明らかだ。さらに、シルティ王女はそこで多くの国々の王族と顔を合わせることになり、諸外国との橋渡しの大舞台になる。

あの小さな体で、シルティ王女はプレッシャーに押し潰されないように必死に戦っているのだ。

「あと一ヶ月……」

ジャネットは小さな声で呟く。

シュタイザ王国の王太子の誕生パーティーへ向かう日はすぐそこまで迫っている。その大役を代わってあげることはできないが、なんとか緊張を解すことはできないだろうか。

「アマンディーヌ様。リラックス効果があるハーブティーはカモミールでしたかしら？」

「そうね、あとはラベンダーやレモンバームなんかも効果的ね」

後でお部屋に戻ったら、甘いものでも用意して美味しいハーブティーをいれて差し上げよう。

ジャネットは表情を強張《こわば》らせるシルティ王女を見てそう思った。

「ああ、もうっ！　わたくしったらだめね」

部屋に戻るや否や、シルティ王女はがっくりと肩を落として項垂れた。

頭に乗った布袋はコロコロと転がり落ち、ティーカップにぶつかって止まった。ジャネットはその布袋をそっと端によけると、ティーポットからハーブティーを注ぐ。独特の優しい香りが湯気に乗って広がってゆく。

「シルティ様はとても頑張ってらっしゃいますわ」

「でも、今日はだめだめだったわ」

「あと一ヶ月もあるのだから、今からイメージトレーニングしておけば大丈夫ですわ」

「イメージトレーニング……」

シルティ王女が黙り込んだので不思議に思ったジャネットは、シルティ王女に目を向けてぎょっとした。

大きな瞳は潤み、頬はピンク色に紅潮している。

「あのー、シルティ様？」

ジャネットの呼びかけに応《こた》えるようにシルティ王女は両手で顔を覆った。そして、いやいやというように首を左右に振った。

「イメージなんて無理よ！　だって、クレイン様ってとても素敵なのよ！」

「え？　素敵？」

「かっこいいのはもちろん、とてもお優しいの！　前にルロワンヌ王国にいらしたときは、一番年下だったわたくしをなにかと気遣ってくださって。馬乗りで置いてけぼりにならないようにゆっくり合わせてくれたり、今思えば子供っぽい話題に笑って付き合ってくださったり――」

「はぁ……」

「それにね、とっても優しい目をしているの！　綺麗な緑色で、まるで吸い込まれそうなのよ」

うっとりと夢見心地に語るシルティ王女を見て、ジャネットは衝撃を受けると共に確信した。

シルティ王女は隣国の王太子に恋している！

そもそも、綺麗な緑色の瞳の人ならすぐ近くにいる。アマンディーヌ及びアランの瞳の色だ。それなのに、毎日見るアマンディーヌの瞳には何も感じず、クレイン殿下の瞳には吸い込まれそう……。

これはもう、間違いない。

これは一大事である。

シルティ王女はルロワンヌ王国で唯一の王女という立場上、自由恋愛はほぼ不可能だ。国の利益になるいずこかに政略結婚で嫁ぐしかない。シルティ王女自身もそれをわかっているはずだ。

だがしかし！　ジャネットは気付いてしまった。このうら若き王女も一人の乙女なのである。恋をすることもあれば、想う人がいてもなんら不思議はないのだ。

そして決意した。これは自分が一肌脱ぐしかないと！

「シルティ様はクレイン殿下をお慕いしているのですね？」

「お慕いしているというか……。あんな方が将来の旦那様だったら素敵だとは思うわ」

「それが、お慕いしているということですわ！」

ジャネットはしっかりとシルティ王女の手を握る。

ジャネットの恋愛スキルは限りなくゼロに近い。しかし、応援する気持ちにうそ偽《いつわ》りはない。自身の恋愛スキルの低さはとりあえず置いておいて、シルティ王女を応援したいと思ったのだ。

「わたくしに任せてくださいませ！　クレイン殿下の心をシルティ様に向けるべく、全力でサポートさせていただきますわ！」

ジャネットは力強く拳を握ってみせた。


そして一時間後、ジャネットはアマンディーヌに相談していた。やっぱり、なんだかんだ言ってもアマンディーヌが一番頼りになる。

「──というわけで、シルティ様のサポートをしたいわけです。クレイン殿下のお好みにシルティ様を仕上げる方法を教えてくださいませ」

大真面目な顔で訴えるジャネットを、アマンディーヌは呆れたように見返した。

「本気で言っているの？　シルティ殿下はあのままでいいわ」

「あのまま？」

「だって、考えてもみて。一時的に興味を引きたいのではなくて、結婚する相手、ましてや想いを寄せている相手なのよ？　無理に取り繕ってもシルティ殿下自身、あとが辛くなるだけだわ」

──無理に取り繕っても後が辛くなるだけ？

ジャネットは首を傾げた。

そして、自分自身に当て嵌めて考えてみた。

もし、アランが煌びやかな夜会に連日のように参加するきゃぴきゃぴしたパーティーピーポー系が好きだとしたら？　もちろん、ジャネットは一時的にそれを演じることはできる。けれど、一生はきっと無理だ。たぶん、仮面を被《かぶ》り続けることがだんだんと辛くなる。

同様に、シルティ王女もクレイン殿下に合わせて一生猫を被り続けることは難しいのかもしれない。本気で好きであれば、尚さらだ。

「では、どうすればいいのでしょう？」

「シルティ殿下はあのままで十分魅力的よ。その魅力をもっと輝かせるために今頑張っているのでしょう？　本来の自分の魅力をわかって受け入れてくれるのが、一番幸せなんだから」

「――確かに、そうですわね」

シルティ王女は同性のジャネットから見ても、とても魅力的な女の子だ。明るく、天真爛漫《てんしんらんまん》。けれど、自分の役割をしっかりと認識しており、やるべきことはしっかりやる。

決して弱音は吐かず、頑張り屋で、優しい性格。おまけに美人さんだ。

「じゃあ、わたくし、シルティ様をサポートすべくこれまで以上に頑張りますわ！」

「そうね。たぶん、シルティ殿下をリラックスさせるのはジャネット嬢が一番適任なのよ。頼んだわよ」

「任せてくださいませ」

頼られていると感じ、ジャネットはぱぁっと表情を明るくすると頷いた。

リラックスさせる以外にも、シュタイザ王国の文化やご婦人の流行などを調べておくことなど、ジャネットにも手助けできることはいくつかある。

ジャネットは、これまで以上にやる気をみなぎらせたのだった。

☆　☆　☆

シュタイザ王国への出発まで一ヶ月を切ったこの日、ジャネットはシルティ王女と肩を並べて、ライラック男爵の講義を受けていた。

今日の講義内容は近々訪問予定のシュタイザ王国についてで、いつもなら欠伸を噛み殺しているシルティ王女もいつになく真面目に取り組んでいた。パラリと本のページをめくる音が静かな部屋に響く。

「――以前から申し上げている通り、シュタイザ王国は音楽と芸術を愛する国であります。国王を始めとして全ての王侯貴族は芸術を愛し、国中に美しいものが溢《あふ》れています。町に一歩出れば至るところに大きなオブジェがありますし、ちょっとしたカップの絵付けまでありとあらゆる場所に芸術が見え隠れしているのです。そして、国民はこよなく音楽を愛しており、楽器を奏でることを好みます」

ライラック男爵は本を片手に部屋の中をゆっくりと歩き、説明を続ける。

「特に、音楽については幼い頃から英才教育を施すことがほとんどです。楽器は様々ですが、音楽の才能に恵まれていることは良縁に恵まれる重要なポイントになります。男女ともに異性の奏でる美しい音楽に心惹かれるものなのです」

ジャネットはなるほどな、と思った。

程度の差はあれども、人は美しいものに惹かれるものだ。美しい音色で異性の心を摑むとは、なんとも音楽を愛する国らしい発想だ。

しばらく講義は続き、時間になるとライラック男爵はパタンと本を閉じた。

「では、今日はここまでです」

「「ありがとうございました」」

全ての本や資料を鞄に詰めたライラック男爵は、穏やかな笑みを浮かべ退室する。

その様子を眺めていたジャネットは、隣のシルティ王女が妙にそわそわしていることに気が付いた。

「シルティ様、どうかされました？」

「あのね、聞いてくれる？　わたくし、実は最近、今まで以上に楽器の練習をしているの」

「楽器？」

ジャネットはきょとんとした顔でシルティ王女を見つめた。シルティ王女はぽぽぽっと頬を赤らめる。

「今度、シュタイザ王国に行くでしょう？　そのときに――」

シルティ王女は頬を紅潮させたまま、ごにょごにょと言葉尻を濁した。ジャネットは目をぱちくりとさせて数秒間沈黙したあと、ピンときた。

シルティ王女のこの様子といい、ライラック男爵の先ほどの講義内容といい……。

「もしかして、クレイン王子に音楽でアピールをしようと？」

「アピールというか、機会があったら披露できたらいいな、なんて……」

シルティ王女はますます頬を赤らめる。

ジャネットは目を輝かせた。確かにそれは名案だ。

「それはいい考えだと思いますわ。楽器は何を？」

「ピアノよ。小さい頃から毎日レッスンしているもの」

「まあ、ピアノ！　いいですわね」

確かに、シルティ王女がピアノを弾《ひ》く姿をジャネットは何回か目にしたことがある。いつもシルティ王女らしく、しっとりとした女性らしい音色を奏でていた。

壁際の置き時計を確認すると、時刻は二時を少し過ぎた頃だ。次の講義はアマンディーヌによる淑女のためのレッスンだが、それまでには少し時間がある。

大いに盛り上がった二人は、この時間を使って早速練習を始めることにした。

〜♪　〜♪　〜♪

ジャネットは椅子に座り、シルティ王女の奏でる音色に聴き入った。

弾いている曲はルロワンヌ王国で有名な、恋のソナタだ。

若い娘の恋心を描いたというこの曲は、突然の恋心の自覚から始まり、男女の初々《ういうい》しいやりとり、最後に両想いになるまでが三楽章になっている。若い令嬢の間では間接的に相手への想いを伝えるときに弾く秘めた告白の曲として有名で、今のシルティ王女にぴったりの曲だと思った。

演奏が終わり、シルティ王女が顔を上げる。

ジャネットは手を胸より少し高く上げ、大きく手を叩き拍手を送った。

幼い頃から毎日練習しているというだけあり、お世辞抜きにとても素晴らしかった。きっと、シュタイザ王国外遊が決まってから、必死に練習したのだろう。

「とても素晴らしかったですわ！」

「本当？　ありがとう。音楽の先生にもだいぶよくなったって褒められたの」

シルティ王女は嬉しそうにはにかむ。そして、椅子から立ち上がるとジャネットのほうを見た。

「よかったら、ジャネット様も弾いてみない？」

「わたくしも？」

ジャネットは戸惑ったように聞き返した。

実はジャネット、侯爵家の一人娘だけあって三歳の頃から著名な音楽家を家庭教師につけて音楽のレッスンを受けてきた。

シュタイザ王国ほどではないにしても、ルロワンヌ王国でも音楽は貴族令嬢の大切な教養のひとつとされている。そんな中でも、真面目でコツコツタイプのジャネットのピアノの腕前は、友人のご令嬢達の中でも折り紙つきだった。

しかし、侯爵家にいた頃は毎日触れていたピアノも、行儀見習いになってからは合間を縫って訪れる王宮の音楽室で時折触れるだけだ。しかも、この恋のソナタは弾いたことがない。

ジャネットはおずおずとピアノに向かった。

置かれた楽譜を眺め、家庭教師の先生と毎回やってきたように、譜面を目で追ってゆく。正直、初《しょ》見《けん》で弾くにはかなり難しいと感じた。

指を立てるように沿わせ、鍵盤《けんばん》を叩いた。

～♪　～　♪～　♪

王宮の一室にたどたどしいメロディーが流れる。

自分でも弾きながら、だいぶ滑らかさに欠けると思った。必死に一曲終えると、シルティ王女が目を輝かせてパチパチと手を叩いた。

「お聴き苦しいものを、失礼いたしました」

ペコリと頭を下げるとシルティ王女は目をぱちくりとさせて、ジャネットを見る。

「聴き苦しいですって？　ジャネット様は今日初めてお弾きになったのでしょう？　上手だと思うわ」

「そうでしょうか？」

ジャネットは小さく首を傾げた。一応はピアノをずっと嗜んできた身だ。とても上手とは言いがたいと、自分でもわかった。

「ええ。初見でこれってすごいと思うわ。ねえ、ジャネット様もう一度弾いてみて。一緒に練習しましょう？」

ジャネットは促されてもう一度ピアノに向かった。

～♪　～♪　～♪

さっきよりは随分と指が滑らかに動く。

何回か繰り返して弾くと思い通りのメロディーを奏でられるようになってきて、弾いているのがとても楽しくなってきた。

ジャネットを指導してくれた音楽講師はよく、自身、そして聴いている人の脳裏に映像が流れるような演奏をしろと言った。この曲を作曲した作曲家は、いったいどんな娘をモデルにしたのだろうと、想像が膨らむ。

弾きながら、ジャネットの脳裏に浮かんだのはやっぱりアランだった。

まだ幼かった日の、ルイーザ侯爵邸での優しく微笑む黒髪の男の子との運命的な出会い（アランってわかっていなかったけど）。

王宮の舞踏会での、女装姿をした彼との劇的な再会（これもアランってわかっていなかったけど）。

二人三脚、いや、シルティ王女も含めた三人四脚で歩む日々。

そしてこれからの甘々の生活（これに関しては、完全なる妄想だけどね！）……。

自然と指も滑らかに動き出すというものだ。弾いていて、とても楽しかった。

これまでの経過を考えると、これを聴かせてもアランを傾かせることは難しいだろう。だから、彼にこの演奏を披露するつもりもない。けれど、いつかこの曲の少女のように、素敵な未来が来ればいいなと思った。

その日以降、ジャネットはシルティ王女とお互いにアドバイスしつつ、楽しくピアノの練習に励むのが日課になった。

訓練所で剣の打ち合いをしていたフランツは、今日もピアノの音色が流れてきたのに気付き、手を止めた。

「また聴こえてきた。最近、よく弾いているよな」

声を掛けられたアランも剣を下ろすと、耳を澄ました。このしっとりとした曲調は、恐らくシルティ王女の演奏だろう。

「最近よくこの曲を弾いているけど、二人ともすごく上手だよな」

「ああ、そうだな」

アランは頷いた。

初めてジャネットとおぼしき人物が弾いた演奏を聴いたとき、アランはあまりのひどさに思わず「へったくそだな……」と呟いてしまったほどだ。

一応メロディーにはなっているのだが、なんというか、音がゴロゴロしていて滑らかさがない。強弱のつけかたも弱いし、あげくの果てに時々間違えている。

これは、今度から音楽のレッスンも追加しなければならないかもしれないと、アランは頭を抱えた。

魅力的な淑女とは、何かしらの楽器を優雅に弾きこなすものなのだ。

シルティ王女はピアノが得意なので、音楽は気にしていなかった。

なんて手の掛かる奴なんだと内心舌打ちしそうになったアランだが、続けて聴こえてきた二度目の演奏に、はっとした。

シルティ王女の足元にも及ばないが、先ほどと比べて格段に上手かったのだ。それは三回目、四回目と繰り返すたびにどんどん上達してゆく。

「あ、今度はジャネット嬢かな。同じ曲なのに、だいぶ雰囲気が違う。面白いよな」

フランツが呟いたのでアランも耳を澄ました。

確かに、この明るく軽快な曲調は、ジャネットの弾き方だ。ジャネットは通りかかった侍女達も思わず足を止めるほどの、楽しげな音色を奏でる。最初のたどたどしさは全くなく、もしかしたらシルティ王女より上手いかもしれないと思った。

「すごく楽しそうだけど、いつも何を想像しているんだろう？」

「――さあ、なんだろうな」

アランはフッと笑うと、メロディーの聴こえる部屋の窓を見上げて目を細めた。

☆　☆　☆

ルロワンヌ王国の社交シーズンは秋の終わりから始まり、翌年の初夏まで続く。

実に一年の三分の二が社交シーズンにあたり、とても長いのだ。そのため、トップシーズンである真冬から春先だけ参加して、その時期を過ぎると義理は果たしたとして、領地へと戻り始める貴族も多いし、そうしても特に咎《とが》められることもない。

庭園を散歩すれば赤や黄色の花が咲き乱れ、ミツバチ達がせっせと花粉を集める景色がそこかしこで見られるようになった今日この頃。お茶会の場所も暖かい室内から、新芽の香るそよ風が頬を撫でるテラスへと変わる。

そんな頃、ルロワンヌ王国ではトップシーズンの終わりを告げる王室主催の大規模な舞踏会が開催される。いつもならあと一月ほどは遅いのだが、今年はレイモンド王太子、エリック王子、シルティ王女の三人が三人とも外遊の予定が入っているため、早めに開催されるのだ。

「何を着ようかしら？」

「○○様は××様のエスコートをされるんですって」

「まあ、羨ましいわ」

「△△様はエスコートの申し込みが三件も来たらしいわ。誰にするおつもりかしら？」

「最後くらい、彼とダンスを踊りたいわ」

この時期、社交界ではそんな会話があちこちで聞こえてくる。

王室主催ともなると、国内の貴族はほぼ全員が参加する。社交シーズン中にトップシーズン始めと終わりの年二回しか開催されないその舞踏会は、数ある舞踏会の中でも特別なものなのだ。

春の訪れに心は華やぐ。

ジャネットはそんな中、昨年の王室主催のパーティーを思い浮かべていた。ダグラスに連れられて訪れた舞踏会で、涙をこぼして身の上を嘆いていた頃が、うそのように遠い過去に感じる。

「シルティ様はどなたのエスコートでご参加を？」

ジャネットは上品な所作で紅茶を口に含むシルティ王女に、今回のエスコート役を誰にするのかを尋ねた。

シルティ王女は持っていたティーカップを僅かな音も立てることなくソーサーに戻すと、顔を上げてにこりと微笑んだ。

「わたくしは、今回はエリックお兄様にお願いする予定よ。エリックお兄様もそろそろ婚約者を決めなければならない時期ですし、これで最後かもしれないわ」

「ああ、そうですわね」

ジャネットは相槌を打つ。

エリック殿下は現在十九歳、もうすぐ二十歳になる。王位は継げないため臣籍《しんせき》へと下るが、結婚はシルティ王女同様に国の益になるいずこかと縁を結ぶことを求められるだろう。これまで浮いた話はほとんどなかったが、二十歳ともなるとそろそろ本腰を入れて婚約者探しを始めなければならない年頃だ。

「ジャネット様は、アランお兄様が？」

「え？」

ジャネットはシルティ王女にそう聞き返されて、目をぱちくりとさせた。

言われてみれば、シルティ王女のエスコートはアランかエリック殿下のどちらかが毎回行っている。今回はエリック殿下が引き受けるならば、アランは空いているはずなのだ。

――エスコート、してほしいな。

アランにエスコートしてもらえたら、どんなに嬉しいか。きっと、天にも昇る心地だろう。そこで頑張って練習しているダンスを踊って、優しく見つめられ、愛を囁かれたら……。

そこまで考えてジャネットは、はたと思いとどまった。

今日もダンスレッスンのとき、できが悪いと言われてこってり絞られた。アランと人前でダンス？　もしかしたら、彼に恥をかかせてしまうかもしれない。やっぱり無理だろう。

「わたくし、エスコートはお父様にしていただきますわ」

ジャネットは少し寂しいと思いつつも、笑ってその場をやり過ごした。

舞踏会当日、ジャネットは一旦実家であるピカデリー侯爵家のタウンハウスに戻った。

特別なこの日に身につけるのは先日新調したばかりの水色のドレスだ。上半身は淡い水色、下半身も一見すると水色に見えるが、実際は濃い青に白いレースが重ねられている。

胸元には手持ちのダイヤのネックレスを合わせ、髪にはこれまた新調したばかりの髪飾りを添えた。いくつかの石が散りばめられており、控えめに白い羽が付いている。

会場に着くと、年頃のジャネットをエスコートしたピカデリー侯爵夫妻に、周りは注目した。扇を口元に当て、何かを囁き合っているのが視界の端々に映る。

——別に、どう思われようが構わないわ。

ジャネットはしっかりと顔を上げて微笑んだ。

ジャネットは未婚であり、婚約者がいないのだから何も恥ずべきことなどない。エスコートしてくれる兄弟もいないし、従兄弟《いとこ》は皆結婚していた。

父親に頼めば誰かしらにエスコート役を打診してくれただろうが、侯爵家にお願いされて仕方なく引き受けたと思われるのも嫌だった。

舞踏会の大広間に入ったジャネットはほうっと息を吐く。

毎日のようにダンスを練習している王宮の大広間は、この日ばかりは特別なものに見える。ジャネットは眩《まぶ》しさに目を細めて辺りを見渡した。既に宮廷お抱えの交響楽団が歓迎の音楽を奏でている。シャンデリアに明かりが灯《とも》された大広間は一面に光がこぼれている。

しばらくすると、ホストであるロイヤルファミリーが現れる。最初に現れたのはシルティ王女とエリック殿下だ。

シルティ王女は広い会場を見渡し、ジャネットの姿を見つけると表情を綻ばせた。ジャネットも少しだけお辞儀《じぎ》をして微笑んで見せる。次にレイモンド殿下と王太子妃、国王と王妃と続く。

舞踏会は最初にホストの国王夫妻が踊る。途中からレイモンド殿下と王太子妃、シルティ王女とエリック殿下も加わり、三組の男女が優雅に踊る様をジャネットは眺めた。

昨年の舞踏会では、今頃にはもうダグラスはいなくなっていた。だから、ジャネットは最初から最後までずっと壁の花でいた。

「ジャネット、踊ろうか」

「はい。お父様」

ロイヤルファミリーの後の母との一曲を終えた父に手を差し出され、ジャネットはにこりと頷く。

ゆっくりとした曲調のダンスなら、以前とは比べ物にならないくらい上手く踊れるようになった。父と踊るのはいつ以来だろう。足がスイスイと動き、自然と笑顔が零れた。

その一曲を終えていつものように端に寄ろうとしたとき、「ジャネット嬢」と呼びかける声がしてジャネットは振り向いた。

「よろしかったら、ダンスのお相手をしていただけませんか？」

目の前の男性にそう声を掛けられて、ジャネットは目をパチクリとさせた。少しくせのある茶色の髪を後ろに撫でつけ、やや垂れ目の茶色い瞳が柔らかい雰囲気の若い男性がこちらを見つめている。

「まあ、アキュール様！　ええ、是非。わたくしでよければ喜んで」

声を掛けてくれたのは数理学の講師をしてくれているアキュールだった。

ジャネットは表情を綻ばせて頷く。いつも壁際に寄ってしょんぼりしていたジャネットが声を掛けられたのを見て、両親も嬉しそうだ。

ジャネットとアキュールはお互いにダンスカードを開くと、相手の名前を書き込んだ。ダンスカードの横には演奏される曲名が記されている。ジャネットは少し考えて、一番簡単なワルツのときにお相手してもらえるようにアキュールにお願いした。

その後も次々と父の知人のご子息方から声を掛けられて、ダンスカードが埋まってゆく。こんなことは今までなかったので、ジャネットは戸惑った。両親にエスコートしてもらったことで、侯爵家の跡取り娘には特定の相手がいないと多くの男性に認識されたせいかもしれない。

何人かと踊り、再び壁際に戻ってきたと思ったら、すぐにまた「ジャネット」と声を掛けられ、ジャネットは振り返る。そこにいる人物を見てジャネットは驚いた。

「――ダグラス様」

そこには、元・婚約者のダグラスがいた。

久しぶりに会うダグラスは少しやつれたように見えた。

アランと同じ黒い髪を後ろでまとめ、アランより少しだけ濃い緑の瞳。相変わらずの甘いマスクは健在だが、目の下にうっすらとくまができている。

どうしてここに？　と言いかけて、ジャネットは口を噤《つぐ》んだ。

今日は王室主催の舞踏会なのだから、国内のほとんどの貴族が招待されているはずだ。ダグラスがいたところでなんら不思議はない。

「お久しぶりでございます、ダグラス様」

「久しぶりだね、ジャネット」

ダグラスはジャネットが普通に挨拶《あいさつ》したことにホッとしたような表情を浮かべた。どこか疲れたような様子が窺える。

「ダグラス様、顔色が悪いですわ。具合が悪いのですか？」

「……………。ああ、ちょっと最近悩み事があってね。よく眠れない」

「まあ、それは大変だわ」

ジャネットは眉をひそめた。

「わたくし、また葱を取り寄せましょうか？」

「え？　いや、葱はもういいよ。それより、二人で話せないかな？　その、休めるところで」

葱はもういいのか、とジャネットはちょっぴりがっかりした。せっかくいい治療法を紹介したのに、あまりお気に召してもらえなかったようで残念だ。

「では、あちらのベンチに行きますか？」

ジャネットは会場の端に置かれた休憩用のベンチを指さした。ダグラスはチラリとそちらを見ると、ゆるりと首を振る。

「休憩室はどうかな？」

「休憩室？」

ジャネットは聞き返した。

休憩室は会場の側に用意された、言葉通り休憩するための部屋だ。通常、ベッドと椅子などが置かれており、そのまま泊まることも可能だ。

ジャネットが聞き返したのには理由がある。

休憩室は休憩する目的と同じくらい、いや、それ以上に燃え上がった男女の戯《たわむ》れに使われることが多いのだ。さすがのジャネットもそれくらい知っていたが、目の前にいるのはダグラスであり、相手であるジャネットは舞踏会で散々放置されるほどダグラスの好みから外れている女である。

自分が男女の戯れに誘われるとは到底思えない。

そこまで考えて、ジャネットはハッとした。

「ダグラス様、もしや立っていられないほどの体調不良なのですか？」

「は？　あ、ああ。そうなんだ。だから静かなところに……」

言葉を濁すダグラスを見てジャネットは頷いた。

先日、ダグラスからは大病に侵されて体調が悪いと手紙を受け取ったばかりだ。葱の効果で元気がよくなったとはいえ、まだ本調子ではないのだろう。

いくら決別した元・婚約者とはいえ、体調不良の人間が目の前にいるのにそれを放置して舞踏会を楽しむほど、ジャネットは非情な人間ではない。

「わかりました。行きましょう」

「じゃあ、あっちに――」

二人が歩き出したそのときだ。

「ちょっと、待ちなさい！」

ドスの利いた呼び声がしてジャネットとダグラスは足を止めた。

「え？　……アマンディーヌ様？」

振り向いたジャネットは呆気に取られた。

そこには怖い顔をしたアマンディーヌがいたのだ。一見すると顔は無表情なのだが、目が怒っていた。

アマンディーヌに散々怒られてきたジャネットにはわかる。これは本気で怒っているときの顔だ。

「アマンディーヌ様、どうされたのです――」

ジャネットの問いかけに答えることなく、アマンディーヌはダグラスに、にじり寄る。

「ダグラス様。わたし、とてもよい眠りに誘える技術がありますのよ。それなのに、わたしを差し置いて、この子を誘うだなんてどういうことですの？」

「は？　なんだオマエ」

「とにかく、ダグラス様はわたしと！　最高の眠りをご提供しますわ」

「ちょっと、待て……」

ダグラスが突然現れたオネエに引きずられて休憩室に消えていく。ジャネットはわけがわからず、その様子を呆然と見送ったのだった。

——なんなの、あれは？　なんなの、あれは⁇　どういうことなの⁉

ジャネットの頭は混乱し、思考はぐるぐると目まぐるしく回転する。

舞踏会会場にアマンディーヌがいることにはさほど驚かない。しかし、今のアマンディーヌはなぜか明らかに不機嫌顔で、極めて心外だとばかりにダグラスに詰め寄って休憩室に引きずっていったのだ。突然現れたアマンディーヌがまるで痴話喧嘩《ちわげんか》をするかの如《ごと》くダグラスに詰め寄り、首根っこを掴んで休憩室へと連行して行った。いったいどういうことなのかさっぱりわからない。

「もしかして……」

暫し呆然と立ち尽くしていたジャネットは、ここにきて、とある可能性に思い至った。もしもこの予想が正解であれば、これまでのことも納得いくのだ。しかし、そうだとしたら、間違いなく自分はアランにとんでもない迷惑を掛けていたことになる。

ジャネットはショックのあまり顔面蒼白になってふるふると震えた。


どれくらい経っただろう。

数分かもしれないし、数十分だったかもしれない。茫然自失《ぼうぜんじしつ》のまま立ち尽くしていると、澄まし顔のアマンディーヌが戻ってきた。

「アマンディーヌ様、ダグラス様は？」

「伸びている——、じゃなかった。寝ているわ。宣言通り、深い眠りについていただいたわ。たぶん、明日の朝まで起きないわね」

「お側についていなくていいのですか？」

そう言いながら、じわりと視界が滲《にじ》む。

アマンディーヌは怪訝な表情でジャネットを見返した。

「なんでわたしがダグラス殿の側についている必要があるのよ。頼まれても御免《ごめん》だわ」

「だって、お好きなんでしょう?」

「……は?」

「わたくし、アマンディーヌ様のお好みのお相手が男性だったとは、これまで全く考えが至りませんでした」

そう、これこそがジャネットの出した結論だった。

それならば、どんなにジャネットが頑張ってもちっとも傾かないのも頷ける。なぜなら、アランもとい、アマンディーヌは男色だったのだ!

好みの男性がジャネットのようなパッとしない女と休憩室に行こうとしているところを目撃して、怒り心頭に発したに違いない。

目にたっぷりと涙を浮かべたジャネットがそう言うと、アマンディーヌはポカンとした顔をした。

そして数秒の後に絶叫した。

「んなわけねーだろ!!」

「え? 違うの?」

「違うわ!」

では、なぜダグラスと二人で休憩室に消えていったのか。

深まる謎に眉をひそめるジャネットを見下ろし、アマンディーヌは、はあっと深いため息をついた。

「アンタって、ほんと考えが斜め上だわ」

「そうですか？」

「そうよ」

そう言いながら、アマンディーヌは視線を落とし、ジャネットがドレスにぶら下げたダンスカードを手に取った。無言でそれを開くと、中を確認する。

「簡単なワルツしか埋まっていないじゃない。せっかく練習したのに」

「まだ上手く踊れる自信がなくて……。お相手の方に迷惑を掛けてしまうかと」

自信なさげにそう言うジャネットを、アマンディーヌは少し困ったような表情で見下ろした。そして、ダンスカードから視線を外すと時計を確認した。

「今はまだ舞踏会の中盤よね。ペンを貸して」

「ペン？　どうぞ」

ジャネットがダンスカードへの書き込み用に持っていた手持ちのペンを手渡すと、アマンディーヌはそれでダンスカードにさらさらと何かを書き込んだ。

「わたしは少し外すから、会場に戻りなさい。休憩室には絶対に近づいちゃだめよ」

そう言い残すと、アマンディーヌは舞踏会会場を後にする。アマンディーヌの後ろ姿が廊下の角で消えたのを確認してからジャネットはドレスにぶら下がったダンスカードを開き、目をみはった。

そこには、『アラン＝ヘーベル』の名前があったのだ。

舞踏会も終わりかけの時間にパートナーも連れずに現れた氷の貴公子、アラン＝ヘーベルの姿に、その場にいた多くのご令嬢はざわついた。今はもう終わりかけに近い時間。皆、ダンスカードを必死になって全部埋め終えた後だった。

誰もが悔しがってハンカチを噛む中、金糸の装飾が施された豪華なフロックコートを身にまとったアランは真っ直ぐにジャネットの元を訪れた。

「アラン様、なんで……」

「アランが相手だったら、蝶のように軽やかに踊れるって大口を叩いていたのは誰だ？」

そう言われて、ジャネットは眉尻を下げた。確かに言ったのはジャネットだが、本気で言ったわけではなかった。

「ほらっ、いくぞ」

動こうとしないジャネットの手を、アランが少し強引に引く。

ホールの中央に立ったジャネットは緊張の面持ちでアランと向き合う。これまでにない距離の近さにジャネットの胸は早鐘を打った。

「エスコート役がいないなら、なんで言わないんだよ」

「え？」

不貞腐《ふてくさ》れたように呟くアランに、ジャネットはとっさに聞き返す。しかし、アランは「なんでもない」とぶっきらぼうに言うと、ジャネットの耳元に口を寄せた。

「以前言っていた、『イメージトレーニング』とやらの成果を見せてくれ」

そう囁かれたと思った次の瞬間、楽団による曲の演奏が始まった。毎日毎日、何時間も繰り返し練習しているので、条件反射で勝手に体が動き出す。速いステップに足がもつれそうになると、それに

気付いたアランが体をぐいっと持ち上げて転ばないようにしてくれる。

——楽しいわ。

ジャネットはそう思った。

ダンスは苦手だからレッスンは怒られてばかり。はっきり言って辛いことが多い。けれど、広い舞踏会会場の真ん中でアランと踊るダンスはやっぱり楽しかった。

自然と表情を綻ばせると、目が合ったアランの新緑の瞳が柔らかく細まる。クルリ、クルリと回る景色とふわふわとした感覚が、まるで夢の中のようだ。

「お見事。上手だったよ」

曲が終わったとき、アランはジャネットにそう言って微笑んだ。けれど、『上手』というのはお世辞だろう。なぜなら、ジャネットは何回か足をもつれさせそうになってアランに支えられたのだから。

それでも、難しい曲を一曲踊りきったことはジャネットの中で大きな自信につながった。

——アラン様と、踊れたわ。

ダンスが終わった後に愛の告白はなかったけれど、ジャネットにとって、アランと踊ったことはこの日の舞踏会で一番の思い出になった。

ちなみに二番目の思い出は怖い顔をしたアマンディーヌとダグラスが二人で休憩室に消えていったことだが、その理由は今も謎のままである。

第五章　ジャネット、異国の地を踏む

後悔先に立たず。

覆水盆《ふくすい》に返らず。

葬礼帰りの医者話……。


とにかく、ジャネットは猛烈に後悔していた。

——ああ、なんでこんなことに。

ずいっと間近に迫ってきたその妖艶《ようえん》な美女——名前は知らない——に、ジャネットは思わず後ずさった。

「ねえ、悔しいでしょ⁉」

なんだろう、このシチュエーション。ものすごいデジャヴなんですけど。

「その騎士様とやらに目にものを見せてやるのよ。いいこと。自分に想いを寄せていたけど袖《そで》にした女性がとびきりの美女に化ける。そして、世の男を魅了するところを見せつけてやるの。必ず後悔させてやるのよ！」

目の前の美女は声高々に宣言すると、びしっとジャネットの鼻先に人差し指を突きつけた。

「はぁ……」

「はぁ、じゃない！」

「はい？」

「よし。では、今夜の舞踏会に向けて、早速準備を始めるわよっ！」

有無を言わせぬ迫力で美女が鼻息荒くジャネットの腕を掴む。

──ああ、なんでこんなことに。

ジャネットは庭園のベンチで一人、見知らぬ人物につらつらと身の上話をしてしまった自らのうかつさを、深く後悔したのだった。

ときは前日にさかのぼる。

ルロワンヌ王国を出立してからちょうど十日後、ジャネットは人生で初めて異国の王城に足を踏み入れた。

入城するやいなや、ジャネット達一行は外交官らに王宮の貴賓室のエリアへと案内された。

シュタイザ王国の宮殿は、贅《ぜい》を尽くした豪華絢爛な造りをしていた。

柱や梁には精緻な飾りが施され、惜しみなく金箔が張られている。壁には美しい絵が描かれていた。その絵は男神と女神と天使だったり、ダンスを踊る少女であったり、どこかの風景──もしかしたら想像の世界かもしれない──だったりした。廊下には至るところに芸術品が置かれている。

滞在するエリアに辿り着くと、廊下には数十メートルおきにシュタイザ王国の騎士が立ち、警備にあたっていた。

「こちらが王女殿下のお部屋、こちらが王子殿下のお部屋です。侍女の方々は少し離れたあちらにお部屋をご用意しました。近衛騎士の方々もあちらへ」

外交官に説明され、ジャネットは廊下の向こうを眺めた。長く続く廊下には等間隔で扉が並んでいるが、向こうのほうがその間隔が短い。きっと、部屋の造りが違うのだろう。

シルティ王女の隣の一部屋がエリック殿下の部屋であり、そして少し離れた場所にジャネットや他の侍女達の部屋、さらにその奥の少し離れた場所にアラン達近衛騎士の部屋が用意されていた。

自分の荷物を部屋に置くとジャネットはすぐにシルティ王女の部屋を訪ねた。まずはシルティ王女の荷ほどきをしようと思ったのだ。そして、その部屋を訪れたジャネットは思わず感嘆の息を漏らした。

「さすがは芸術の国ね。すごいわ」

やはり部屋の造りや内装はジャネットの部屋とは違っていた。シルティ王女の部屋のほうがだいぶ広い上に、内装も豪華だ。

統一感ある調度品は華美になりすぎない程度のほどよい装飾が施され、一部には金箔が張られている。壁にはどこかの湖だろうか、宮廷画家達が描いたであろう風景画が飾られている。そして、窓際のテーブルには美しい絵付けが施された花瓶が置かれ、その花瓶にはまだ瑞々しさを保ったままの花が美しく生けられていた。さらに、部屋の至るところに彫刻が置かれ、バスタブひとつとっても見事な曲線はそれ自体が芸術品であることを窺わせた。

「着替えたら、シュタイザ王国の王室の方々にご挨拶に行くわ」

シルティ王女にそう言われ、ジャネットはすぐに頷いた。いつまでも眺めていたい美しさだが、そうもしていられない。

「はい。すぐにご用意しますわ」

ジャネットはそう言うと、ぽんと合図に手を叩いた。

「さて、始めましょう」

ジャネットの掛け声で今回の外遊に同行した侍女達も一斉に作業を始める。ジャネットはトランクから衣装や小物を取り出すのを手伝った。

積み重なったトランクはかなりの量だ。ドレスが潰れないようにあまりぎゅうぎゅうと押し込むことができず、何箱にもなっていた。早くクローゼットにかけないと、皺になっては大変だ。

豪華なドレスをクローゼットにしまい終え、次にトランクの中から出てきたのは少し大きめの箱だった。開けてみると、中から出てきたのはクリスタルが飾られた豪奢な靴だった。

「素敵な靴ですわね」

「ええ。アマンディーヌ様と相談して新調したの」

シルティ王女は嬉しそうにはにかむ。少し高めのヒールは、クレイン王子に少しでも大人っぽく、そして華やかに見せたいというシルティ王女の意思の表れに見えた。

淡々と作業をしていると、ドアをノックする音がしてジャネットは部屋のドアを開けた。そこには白い近衛騎士姿のアランがいた。

「手伝おうか？」

「大丈夫ですわ。荷物は全て整理し終えました」

部屋の中が見渡せるようにジャネットは少し体をずらした。中の様子をざっと見たアランは小さく頷く。

「ならよかった。エリック殿下の部屋も終わったみたいだ」

「では、シルティ様のご準備が終わり次第お声がけします」

「わかった。頼んだよ」

アランは少し口角を上げて微笑むと、その場を辞した。

ジャネットは侍女達と共にシルティ王女を美しく着飾らせた。

とはいっても、挨拶に行くのにあまりごてごてさせるのもどうかと思ったので、持参したドレスの中では比較的落ち着いた雰囲気のものを選び、シルティ王女にも相談してそれに決めた。

金の艶やかな髪は全てをまとめて結い上げて、控えめな羽の飾りが付いた髪飾りを添える、ルロワンヌ王国で流行となっているスタイルだ。

最後に、化粧はアマンディーヌと散々練習したことを思い出しながら、ナチュラルメイクに少しアイライナーを強めに入れて大人っぽさを作り出した。

「いかがでしょうか?」

「いいと思うわ。素敵ね、ありがとう」

鏡の前でシルティ王女が右に左に体を捻《ひね》り、出来栄えを確認する。満足いく仕上がりだったようで、その表情は明るかった。

「では、わたくしがアラン様にお声がけして参ります」

「ええ、ありがとう」

廊下へ出ると、アランはすぐ隣のエリック殿下の部屋のドアとの中間地点に、壁に背を向けて立っていた。ジャネットはアランに呼びかけて、エリック殿下に準備が終わったことを告げてもらった。

しばらくすると、正装に着替えたエリック殿下がシルティ王女の部屋を訪ねてきた。正装といっても仰々《ぎょうぎょう》しいものではなく、飾りの少ない宮廷服だ。

「じゃあ、わたくし達は少し外すから、一時間くらいは楽にしていて」

笑顔でそう言うと、シルティ王女とエリック殿下はシュタイザ王国の外交官に案内されて謁見《えっけん》へと向かった。

シュタイザ王国の王太子の誕生日パーティーにはたくさんの国々から来賓があるようだった。

シルティ王女を見送ったジャネットは、廊下の向かいから見慣れない服装の一行が近づいてくるのに気付いた。先ほどの外交官と同じ衣装を身につけた人物が先導しているので、今しがた到着したどこかの来賓なのだろう。

護衛騎士の腰に下げた剣が、真っ直ぐではなくて弧を描いているのが印象的だ。そして、騎士達の中心には豪華なドレスに身を包んだ女性がいた。真っ直ぐに前を向き、堂々たる佇まいだ。頭には布を折って細いリボン状にした、ルロワンヌ王国では見かけない髪飾りをしている。

ジャネットはその場に立ち止まって頭を下げると、その一行が通り過ぎるのを見送った。アランも頭を下げていたが、顔を上げるとしばらくその一行の後ろ姿を見つめていた。そして、振り返ると自分を見下ろしてきた。

「どうかされましたか？」

ジャネットは首を傾げる。

「うん。ジャネット嬢がよければ、ちょっと庭園に散策に行かないか？」

ジャネットは目をぱちくりとさせた。

庭園？　散策？

思考を停止させること数秒、ジャネットはハッと我に返った。

――デートだわ！　デートに誘われたわ！

「もちろん行きますわ！」

「じゃあ、メモ帳とペンを用意しておいて。すぐに部屋に迎えに行く」

「はい！」

返事をしながら、なんでデートにメモ帳とペンが必要なのだろうと、ちょっと疑問には思った。けれど、それ以上にデートのお誘いが嬉しすぎる。

——デート！　デート!!　デートォォォ！！！

ジャネットはすぐにコクコクと頷くと、スキップしながら部屋に戻ったのだった。

☆　☆　☆

シュタイザ王国は芸術と音楽を愛する国。

それゆえ、庭園も素晴らしかった。完全に左右対称に整備されており、中央に大きな噴水、左右にも小さな噴水がいくつもある。上から見ると円形を描くように芝生が張られ、完全に同じ高さに揃えられた植栽が幾何学模様を描いていた。花も色ごとに形を描くように植えつけられていた。

「素晴らしいですわね」

「そうだな。話には聞いていたし、絵では何回も見たことがあるけれど、俺も実物は初めてだ」

アランは庭園を興味深げに見渡す。

庭園にはところどころに白い彫刻が置かれていた。きっと、シュタイザ王国お抱えの美術家が作成した逸品なのだろう。一通り散策したジャネットとアランは、ベンチに腰掛けた。

クレイン王子の誕生日パーティーに合わせて多くの来賓があるため、庭園は様々な衣装に身を包んだ人々、特に若いご令嬢で溢れていた。多くのご令嬢は美しく着飾っている。

「あの方の衣装、面白いですわね」

ジャネットはふと目に入った女性が着ているドレスに目を奪われた。袖の部分が、風船のように膨らんでいる。その膨らみは上腕部分で終わり、肘から下はぴったりとしているのだ。初めて見たし、とても面白いデザインだ。

「あれはジゴ袖だな」

「ジゴ袖？」

「うん、そう。肩から大きく膨らませて袖に向かって細くなるのが特徴なんだ。シュタイザ王国では流行っているらしい」

「へえ。よくご存じですね？」

「シュタイザ王国にいる友人に教えてもらった。ルロワンヌ王国の流行はシュタイザ王国から来ることも多いから、そのうち流行るかもな」

美容アドバイザーなんてものを名乗っていると、そういう流行に詳しい友人が各国にいるものなのだな、とジャネットは感心した。

先日の歌劇の際は次の流行は濃い色の布にレースを重ねると聞いたが、さらに次はあの大きく膨らんだ袖なのかもしれない。

ジャネットは早速手持ちの鞄からメモ帳とペンを取り出し、そのご令嬢が着ているドレスをスケッチして説明書きを記入していく。その後も初めて見るものがたくさんあって夢中でメモを取っていると、横でクスっと笑う気配がした。

「メモ帳とペン、役に立っただろ？」

「え？」

ふと隣を見るとアランと目が合い、視線で手元のメモ帳とペンを指された。柔らかく微笑まれてトクンと胸が高鳴った。

「ジャネット嬢ならメモを取りそうな気がしたんだ」

アランはそう言うと庭園へと視線を戻し、太陽の位置を確認するように手を目の上にかざして空を見上げた。

「そろそろ殿下達がお戻りになる頃だ。遅れないように、俺達も戻ろう」

「そうですわね」

ジャネットは赤くなった頬を見られないように、慌てて立ち上がって歩き始めた。


予想通り、ジャネットとアランが部屋に戻ってからいくらもしないうちに、シルティ王女は部屋に戻ってきた。

「おかえりなさいませ。皆様にご挨拶はできましたか？」

「ええ。久しぶりにお会いしたのだけど、皆様お変わりなくお過ごしだったわ。クレイン様、わたくしのこと覚えてくださっていたのよ。『しばらく見ない間に、ますます素敵なレディになられましたね』って言ってくださったの！　うふふっ」

シルティ王女はほんのりと頬を染めて嬉しそうにはにかんだ。嬉しそうなシルティ王女を見たら、ジャネットもなんだか自分のことのように嬉しくなってくる。

「よかったですわね」

「ええ、ありがとう！　それに、フランソワーズ様もいらしたの」

シルティ王女はそこまで言うと、くるりと振り返ってジャネットとアランを見つめた。

「フランソワーズ様って、相変わらずとってもお綺麗なのよ」

「そうなのですね」

ジャネットはにこりと微笑んだ。事前に勉強してきた知識から、フランソワーズ様というのがこの国の王女の名であることはすぐにわかった。以前、クレイン王子と一緒にルロワンヌ王国を訪れたという王女がその人なのだろう。

「クレイン様も素敵だったわ」

小さな声でそう付け加えたシルティ王女は、再びほんのりと頬を染める。

「お二人と、滞在中に私的なお茶をしましょうって約束したの。ねえ、アランお兄様も同席してくださいね」

「俺もですか？　同席の許可をいただけるなら、喜んで」

――アラン様も？

ジャネットは訝しく思ったが、そういえばクレイン王子一行が来た際にアランも会ったことがあると言っていたことを思い出した。そのときに知り合ったので誘われたのだろう。

「フランソワーズ様、アランお兄様が来ることを事前に聞いていたみたいで、会えるのをとても楽しみにしていらしたわ」

「そうですか。俺も彼女とは話したいことがたくさんあります」

アランはにこりと微笑んだ。

ジャネットは急激に胸の内にモヤモヤしたものが広がるのを感じた。

今までアランが親しい女性と言えばシルティ王女しか知らなかった。けれど、どうやらそのフランソワーズ王女なる人とはそれなりに親しいようだ。表面上は平静を装っているが、どことなく嬉しそうにしているのが感じられる。

ジャネットはふと、以前シルティ王女がアランが親しくしていた女性が外国にいると漏らしたことを思い出した。確か、外国からの来賓だと――。

「もしかして、以前にシルティ様が仰っていた『アラン様が親しい女性』というのはフランソワーズ王女殿下のことですか？」

「あら、よく覚えていらっしゃいましたね。そうなんです！　わたくし、今日まで知らなかったのですが、アランお兄様とフランソワーズ様ったら、お会いしていない間もずっとお手紙のやりとりをしていたそうで」

ねえ、っとシルティ王女がアランを見上げる。

アランは秘密がばれてしまったといった様子の少し困ったような表情をして、シルティ王女を見返した。ジャネットは俄《にわか》には信じがたい気持ちで眉をひそめた。

未婚の男女の定期的な手紙のやり取り……。それは俗に言う、愛し合う者同士の恋文の交換というやつではなかろうか？

【一国の王女と隣国の公爵家次男で現役近衛騎士との、許されざる恋】

そんな恋愛小説のようなシチュエーションがジャネットの脳裏に浮かんだ。

「……そうなのですか？」

「ああ、フランソワーズ殿下とは何かと気が合うというか――」

アランが少し照れたようにはにかむ。

「フランソワーズ様はアランお兄様にとって特別な人ですものね」

シルティ王女もそう言って、屈託なく笑う。

アランの照れたようにはにかむ顔が脳裏にこびりつき、『特別な人』というくだりが妙に鮮やかに耳に響いた。ジャネットは女性の話でこんな表情をするアランを、今まで一度も見たことがなかった。

ジャネットは崩れ落ちそうになる足元にグッと力を入れた。

全く知らなかった。アランは隣国の王女と許されない恋仲だったのだ！

まあ、こんなことがおおっぴらにできるはずもないから、ジャネットが知らなかったのも無理はないのだが。デートに誘われたと浮き立っていた気持ちが急激に冷え込むのを感じた。きっと、さっきのだってお勉強がてら連れ出しただけなのだ。それなのに、一人浮かれてなんとばかなのだろうと自分に呆れてしまう。

「そうだわ。よろしかったらジャネット様もご一緒なさらない？　フランソワーズ様は絶対にジャネット様のことを気に入ると思いますわ」

嬉しそうな顔のシルティ王女に対し、ジャネットは首をふるふると横に振った。

「いいえ。外国の王族の方達とお茶など、わたくしには恐れ多くて」

「そう？　でも、クレイン様もフランソワーズ様も、とっても気さくな方なのよ？　いつもお一人でフラフラしていらっしゃるし。それに、ジャネット様がいてくださったらわたくし、とても心強いのだけど……」

　正直、勘弁してほしいと思った。

　今、仲睦まじい二人の様子などを見せつけられたらきっと泣いてしまう。というか、既に泣きそうだ。

「残念ですけれど、ご遠慮いたしますわ。――申し訳ありません。あの……わたくし、少し疲れたので部屋で休んでいます」

　シルティ王女が、がっかりしたような表情を浮かべる。一方のアランはジャネットを見つめて眉をひそめた。

「ジャネット嬢、少し顔色が悪くないか？　体調が悪いのか？　部屋まで送って行こう」

「あら、部屋まで一分もかかりませんわ。わたくしは大丈夫です」

　普段なら大喜びするような申し出も今はただ辛いだけだ。胸がズキリと痛む。

　ジャネットは笑顔でお断りすると、一人でその場を後にした。

☆　☆　☆

　部屋に戻ったジャネットは、まずは自分の荷物の整理をして過ごした。

　トランクから畳んだドレスを取り出すと、手で丁寧に皺を伸ばしてクローゼットにかけてゆく。身につけるものは皺にならないようきちんと手入れをするようにと、アマンディーヌはよく言っていた。そんなきめ細やかなことの積み重ねが、揺るぎない美しさを作るのだと。

潰れてしまったレースの飾りは手で起こしてふんわりとさせる。何かに集中して作業していると、嫌なことを忘れられる。

ジャネットは淡々と作業を続けた。そのせいで、思った以上に作業は捗《はかど》ってしまった。

全ての荷物を片付け終えると、トランクの一番下にしまわれていたノートに気付いた。中を開くと、中にはびっしりとシュタイザ王国について調べたことが書いてある。シルティ王女の今回の外遊に合わせ、ジャネットが事前に自分なりに調べてまとめたものだ。衣装の作りがルロワンヌ王国とは少し違うこととか、食事が違うことなどが書かれている。

「……しっかりしないとね」

ジャネットは自分の頬をピシャリと叩いた。

ジャネットが今回の外遊に同行した目的はシルティ王女の恋の応援であって、それ以外の何物でもない。こんな私的なことで落ち込んでいる場合ではなく、しっかりしなければと思った。

晩餐会では、事前にリサーチした通りたくさんの魚介類の料理が出てきた。

ルロワンヌ王国でも魚介類は食べるが、それほど頻度は高くない。ジャネットはシルティ王女がどうすべきかと迷っていそうなときは耳元で作法を囁き、サポートする。

会場には多くの給仕人に混じり、明らかに給仕人ではない人間が招待客達の様子を眺めていた。きっと、未来の王太子妃として相応しいか礼儀作法やその態度、会話などをチェックしているのだろう。

シルティ王女の目の前に座っていたのは、シュタイザ王国の公爵令嬢だった。ジャネットと同じ十八歳だと自己紹介したそのご令嬢は、この国では有力な王太子妃候補なのだろう。艶やかな髪を縦ロールで巻いていて、きつい雰囲気の美人だ。

「やっぱり、あの絵は素晴らしいわよね。あの青色を出すのはなんだったかしら――」

彼女が話題にしているのは、晩餐会会場の正面に描かれた絵画だ。シルティ王女のことをライバル視しているのか、自然な成り行きを装ってわざとこちらがわからないであろう質問をたびたび投げかけてくる。

ジャネットはチラリとシルティ王女を見た。絵の具の青色を出すために最近使われ始めたのは、シュタイザ王国のレザン地方で取れる鉱石を粉末状に砕いて混ぜ込む手法だ。レザンブルーと呼ばれる鮮やかな色が出るとされていることを、ライラック男爵の授業で習った。

「確か、鉱石を砕くのではありませんでしたか？」

シルティ王女はそう言うと、目の前のご令嬢に、にこりと微笑む。それ以上は出てこなかったけれど、座学が苦手なシルティ王女なりに相当頑張って覚えたのだろう。

ご令嬢はシルティ王女がそれを知っているとは思っていなかったようで、狼狽えたような表情をした。

「レザン地方で採れると聞きました。こちらではよく使われているのでしょうか？」

「え？　ええ、そうよ」

ジャネットも横から助け舟を出す。まさかこちらが詳しく答えられるとは思っていなかったそのご令嬢は意表を突かれたような顔をして、気まずげに顔を背けた。そんな様子も室内を歩き回る例の人間違がチェックしていた。

ジャネットは、この公爵令嬢はシルティ王女の相手にはならないと判断した。

そんな感じで初日を過ごし、今日は二日目だ。

今夜は件の誕生日パーティーが開催される。日中、シルティ王女達はクレイン王子やフランソワーズ王女とのお茶会をしているので、暇を持てあましたジャネットはまず図書館に行った。そして、シュタイザ王国のことを調べたノートに載っていない情報をいろいろと加筆した。もしもシルティ王女がシュタイザ王国の王太子妃になれたら、きっと役に立つと思ったのだ。

「まだ時間があるわね。散歩にでも行こうかしら」

一通り書き終えたジャネットは、一人で散歩に出た。そうして向かった庭園で、ジャネットは一人でベンチに腰掛けた。

クレイン王子の誕生日パーティーに合わせて多くの来賓が集まっているため、庭園は今日も様々な衣装に身を包んだご令嬢で溢れていた。どのご令嬢も美しく着飾っており、つんと澄ました顔で散歩を楽しんでいるように見える。

しかし、正確には散歩を装って周辺国の送り込んだライバル達の品定めをしているのだろう。その様子を眺めながら、ジャネットは各国のご令嬢の格好や化粧の仕方を観察してメモしていった。

ペンを走らせながら、ふと昨日アランと庭園を訪れたことを思い出した。ここにいるのは高貴な身分の方だろうから、きっと母国の最先端の流行を取り入れたお洒落をしているのだろう。

こんなに多くの国の着飾った王女やご令嬢を間近で見られる機会など、きっともうないだろう。視界に映る人々は皆、とても綺麗だ。

『ジャネット嬢。綺麗になりたかったら、美人を見習いなさい』

以前、アマンディーヌにそんなことを言われたことを思い出した。あの頃に比べて、自分も少しは綺麗になれただろうか？

——でも、綺麗になったところでアラン様にはお好きな方がいらっしゃるみたいだし……。

そんな卑屈《ひくつ》な考えが脳裏によぎり、ジャネットは慌てて頭を振る。

——今はシルティ王女のサポートよ！　決戦は今夜なんだから。

ジャネットはそう自分に言い聞かせた。

そうやって、泣きそうになる自分を叱咤した。

どれくらい経っただろう。ふと目の前に影が差してジャネットは顔を上げた。目の前に、見知らぬご令嬢が佇んでジャネットを興味深げに眺めている。

ジャネットは目の前のご令嬢を見つめ返した。

上品な衣装に身を包んだこのご令嬢の顔は、隙がなく化粧を施された人形のように整っている。煌めく金の髪を美しく結い上げ、その髪にはレースとクリスタルがふんだんにあしらわれた大きめの髪飾りがついていた。

ほっそりとした腰から大きく膨らんだドレスは何重にも裾が重ねられており、見ただけでその豪華さに息を呑むほどだ。色は少々派手に感じられる赤みを帯びた濃いピンクだが、目の前の少し勝ち気な雰囲気のご令嬢にはとても似合っていた。

首元にはドレスに合わせたであろう、ルビーとダイヤのネックレスが輝いている。大きく開いた胸元からチラリと覗くものを見る限り、ジャネットよりも随分と育ちのよいお胸をしていて羨ましい限りである。

　つまり、要約すると、そこにいたのはとんでもなく豪華な衣装に身を包んだ、スタイル抜群《ばつぐん》の極上の美女であった。

　ジャネットはそのご令嬢を見て、すぐに只者《ただもの》ではないと判断した。この豪華なドレスと装飾品、そしてこの佇まいは相当な身分の高さを窺わせる。有力貴族、ひょっとしたらどこぞの国の王族である可能性も否定できない。

　すぐ立ち上がると練習に練習を重ねた美しい笑みを浮かべ、優雅にお辞儀をする。

　ご令嬢は淡いグリーンの瞳でジャネットを眺めていたが、顔を上げたジャネットを見つめて訝しげに眉をひそめた。

「なぜ泣きそうな顔をしていたの？」

「え？」

「さっき、泣きそうな顔をしていたわ」

　そう言われ、ジャネットは自分の頬に指で触れた。涙は出ていない。けれど、知らず知らずのうちにそのような表情を見せていたのかもしれない。

　慌てて表情を取り繕い、にこりと微笑んだ。

「お見苦しいところをお見せしました。つまらないことです」

「つまらないこと？」

　ご令嬢は少し首を傾げてみせたが、すぐにジャネットの顔をまじまじと見つめた。

「あなたはシルティ王女のお供の方よね？　昨日見かけたわ」

昨日は晩餐会があり、ジャネットも参加してシルティ王女の隣にいた。来賓の王女や貴族令嬢達が多数いたから、きっとこのご令嬢はその中にいたのだろう。

「わたくしはシルティ殿下の付き人を務めさせていただいております、ルロワンヌ王国ピカデリー侯爵家のジャネット＝ピカデリーでございます」

「そう。さっきのお辞儀、とても美しかったわ。角度も理想的」

「ありがとうございます」

なんだろう、このデジャブ。

いつぞやの誰かさんと同じことを言っている。

ジャネットは微笑みを崩さぬように、無言でにっこりとご令嬢を見つめ返した。

「その笑顔もいいわ。完璧に左右対称で、柔らかくて素敵ね。ドレスも似合うものをしっかりと選んでいるし。――化粧がもう一工夫いけるかしら」

ご令嬢がくいっとジャネットの顎に手をかけて顔を上げさせた。

ジャネットは確信した。

このご令嬢、見た目は美しいが相当な変わり者である。たぶん変人だ。

まさか、異国の地で見知らぬご令嬢から顎クイされるとは！

しかし、相手はどこぞの高位貴族。シルティ王女に迷惑が掛かるかもしれないから、無礼は働けない。

「ところで、なぜ泣きそうな顔をしていたの？」

「…………」

「よかったら話してくださらない？」

普段だったら、絶対に初対面のご令嬢にこんなことを話したりしない。きっと、このときは精神的に参っていたのだと思う。

異国のご令嬢だったら話したところでなんの影響もないかな、などと安易に考えてしまった。

「実は――」

ジャネットはつい、話してしまった。

ずっと好きだと伝えている男性に振り向いてもらいたくて、努力し続けてきたこと。

頑張ってアタックし続けていたけれど、実は相手には最初から想い人がいたらしいこと。

その男性は今回シルティ王女に同伴する騎士であること。

相手もこの誕生日パーティーに参加する異国の女性であること。

そして、今夜はその二人の逢瀬《おうせ》を見せつけられるかもしれないこと……。

それを静かに聞いていたご令嬢の表情がみるみる険しくなる。

「ひどい話ね。あなた、悔しくないの？」

「え？」

「だからっ、そんな扱いをされて悔しくないの？　想い人がいるならば、最初からあなたの想いを断ればいいのよ。とんでもない話だわ！」

「あの……」

ジャネットは継ぐ言葉が出てこなかった。

確かに、このご令嬢の言う通り、なぜ最初に一言『好きな人がいるから気持ちには応えられない』

と言ってくれなかったのかと、恨めしくは思う。

「ひどいわよ！　そんなの許せないから、見返してやるのよ！　わたくしに任せなさい‼」

「……へ？」

　拳を握ってご令嬢は声高々に宣言した。想像だにしなかった展開に、ジャネットは呆気に取られてポカンと口を開けたのだった。

☆　☆　☆

　自分が滞在している棟とは別の棟の部屋に連行されたジャネットは、なぜか着せ替え人形状態にされていた。

　辺りを見渡す限り、ここはジャネットの滞在する部屋よりもずっと広い。壁には一面絵画が飾られ、その合間は彫刻と金箔が埋め尽くす。その豪華な部屋で、これまた豪華なドレスが次々と出てきてはジャネットに合わせられ、また別の物が出てくる。いったいこれを何回繰り返したことか。

「あのー、お嬢様？」

「フランよ」

　ジャネットがおずおずと目の前のご令嬢に声を掛けると、そのご令嬢はそう言った。きっと『フラン』というのは名前だろう。

　今夜はクレイン王子の婚約者選びを兼ねた誕生日パーティーがある。フランはそろそろ湯浴《ゆあ》みでもして着飾らなくてもいいのだろうかと、余計な心配が湧いてきた。

「フラン様は準備されなくてもいいのですか？」

「わたくしはちょこっと顔を出すだけでいいから、大丈夫」

「わたくし、シルティ様のお付きをしているのでそろそろ戻らないとなのですが……」

「大丈夫。許可は貰ったから」

そう言いながら、フランはテーブルの上に置かれた一枚の紙を差し出した。今さっき、侍女とおぼしき女性がここに持ってきたものだ。そこには、ジャネットを一時的にお貸ししますとシルティ王女の直筆サイン入りで記されていた。

――な、なにもの!?

ジャネットは恐れおののいた。

一国の王女から即座にサインを取りつけるとは、この女、やはり只者ではない。

ジャネットの動揺など全く気にせぬ様子で再び何着かのドレスを見比べていたフランは、その中から紫色の鮮やかなドレスを手に取った。胸元が大きく開いたデザインだ。

「これがいい気がするわ」

「無理だと思いますわ」

ジャネットは即答した。

いろいろと無理すぎる。このドレスはフランのドレスだ。色がジャネットには華やかすぎるし、サイズも合わない。特に……。

「無理じゃないわ。美しさに妥協は許されないのよ」

スッと目を細めたフランがこれまたどこかで聞いたことがあるような台詞を宣《のたま》う。

そうは言ってもやっぱり無理だろうと、ジャネットは自分のせいぜい人並みしかない膨らみとフランの見事な谷間を見比べた。ジャネットの視線の先にあるものに気づいたフランは、ニヤリと口の端を上げる。

「大丈夫よ。わたくしに任せなさい」

そこで出てきたのは見たことのない代物《しろもの》だった。コルセットなのだろうが、胸の部分の形がジャネットの使っているものとだいぶ違う。ぎゅぎゅうに締め上げられ、胸のカップにジャネットのささやかな胸が収められる。そこからがすごかった。背中からもお腹からもあらゆる部分の肉を寄せに寄せ、カップに無理やり収めてゆく。

さらに胸のカップの下に大量の詰め物をして嵩増《かさま》しする。

格闘すること十数分。そこには、見事な胸の谷間が出来上がっていた！　白い肌は大きく盛り上がり、魅惑的な曲線を描いている。

「す、すごい!!」

「そうでしょう？　これはね、わたくしが考えに考えて編み出したのよ！」

フランは得意げにふふんと笑う。

ジャネットはそこで気付いた。クレイン王子の婚約者選びにちょこっと顔を出すだけでいいという、まるで自分には関係ないと言いたげな発言や、こんなすごいものを自分で編み出したという目の前のご令嬢は……。

「もしや、フラン様はシュタイザ王国の美容アドバイザーでいらっしゃいますか？」

「え？　まあ、そう言われればそうね」

フランは初めてそれに気付いたかのように目をぱちくりとさせ、朗《ほが》らかに微笑んだ。

ジャネットはここにきてようやく納得した。

どうりであのオネエといちいち言動が似ていると思った。

美容アドバイザーを名乗る者は皆、こんな感じなのかもしれない。シュタイザ王国は美しいものを好むお国柄だ。美容アドバイザーの地位がとても高いのかもしれないと思った。

次に、フランは化粧の準備を始めた。アマンディーヌが持っているような大きな化粧ボックスが目の前に広げられる。丁寧にファンデーションを塗るところから始まり、次々といろんな色が顔に重ねられ、最後に出てきたのはこれもまた初めて見る代物だった。

「それはなんですか？」

「これ？　これはつけぼくろよ。セクシーに見えるの」

フランはジャネットの口の斜め下辺りに黒いぽっちをつける。さらに、ふさふさした不思議なものを取り出した。

「それはなんですか？」

「これはつけまつ毛よ。長くてふさふさのまつ毛になるわ。糊《のり》で付けるの。ちょっと目を瞑《つむ》っていてね」

付けられた瞬間に瞼の上に違和感を覚えたが、すぐに慣れた。フランが満足げに頷く。仕上げに、アイライナーをかなりしっかりめに入れていた。

「できたわ！」

フランが正面から少し体をずらし、両手を広げて指し示した鏡をジャネットは恐る恐る見つめた。

何色か重ねて陰影をつけた目元、くるりと上がった長いまつ毛、ピンク色に紅潮した頬、魅惑的に色付いたプルンとした唇。その唇の斜め少し下に付けぼくろが付き、なんだかセクシーに見える。

紫のドレスの腰は細く締め上げられているのに、大きく開いた胸元からは豊かな（ように見える）胸の谷間が覗いていた。

なんだか、自分ではないようだ。というか、完全に自分ではない。

アマンディーヌの化粧もすごいが、あれは素材を生かした自然な化粧の仕方だ。それに対し、フランの化粧の仕方は作り込んだものだった。もはや原型がわからないレベルまで変わっている。

化粧を落としたら詐欺《さぎ》だと言われそうだ。ちなみに体形も完全なる詐欺状態だが。

「ジャネット様は羨ましいくらいお顔が左右対称だから、絶対に化粧映えすると思ったのよ！　どんな化粧でもいけるタイプね」

フランは自分の作品《ジャネット》を見つめて満足げだ。

「さあさあ、行ってらっしゃい。わたくしもすぐに追いかけるから。ドレスは似合っているから差し上げるわ」

「え？　でも、これは相当お高いのでは？」

「お近づきの印よ。その代わり、その騎士様にちょっと惜しいことしたなって思わせてやるのよ？」

親指をぐっと上向きに立て、フランは屈託なく笑う。

その様子を見て、ジャネットも釣られて微笑んだ。どうやら自分は美容アドバイザーという職業の人に縁があるらしい。そして、美容アドバイザーは皆、いい人ばかりだと思った。

「はい。ありがとうございます」

正直、他の女の人に恋い焦《こ》がれるアランを見るのはとても辛い。けれど、この半年近くの間、ジャネットは彼を振り向かせたい一心で、必死に努力してきた。

結果がだめだったとしても、一度くらいは『綺麗だ』と思わせてみたい。

「部屋への戻り方はわかるわね？」

フランに聞かれ、ジャネットはコクンと頷く。

早く戻らなければシルティ王女が舞踏会の会場入りするのに間に合わなくなる。

「フラン様、ありがとうございます。また後で！」

ジャネットは笑顔で手を振ると、その場を後にした。

☆　☆　☆

ジャネットがシルティ王女の部屋へと戻ったとき、シルティ王女一行はまさに王太子殿下の誕生日パーティーへと出発する直前だった。

「あ、ジャネット様！　こちらよ。間に合ってよかった！」

「シルティ様！　遅くなり申し訳ありません」

ジャネットは息を切らしてシルティ王女に駆け寄ると、その姿を上から下まで眺めた。

シルティ王女の可愛らしい雰囲気によく合うピンク色の豪華なドレスは、膨らみを抑え気味にして金糸の刺繍を施すことで女性らしいラインを作り出している。メイクはいつもより少しだけアイライナーがしっかり入っており、涼しげな美少女風だ。

足元には昨日見たクリスタルのハイヒールがキラキラと煌めいており、普段よりも大人びた印象を受けた。

「シルティ様、とても素敵ですわ。まさにルロワンヌの誇る美姫《びき》にございます」

そこまで言うと、ジャネットは一段声を落としてシルティ王女に顔を近づけた。

「髪やメイクはアラン様が？」

シルティ王女はにっこりと微笑んで頷く。

「ええ、そうなの。素敵でしょう？」

「はい。本当に」

ジャネットは微笑んで頷いた。

金の髪は緩く巻き上げられて、靴と合わせたクリスタルの髪飾りが添えられている。アマンディーヌらしい、トータルのバランスを考えたコーディネートだ。

「ところで、ジャネット様は――」

シルティ王女が何か言いたげにジャネットを見つめるので、ジャネットはシルティ王女の言わんとすることをすぐに理解した。

「これは、シュタイザ王国のフラン様にしていただきました」

「あら、そうなのね。さっき手紙が来ていたからどうしたのかと思っていたの。ジャネット様、とても素敵ですわ！　いつもお綺麗ですけれど、今夜はだいぶ雰囲気が違うわ」

シルティ王女はジャネットの顔をまじまじと見つめると、にこりと笑う。思った通り、フランはシルティ王女も知るほどのシュタイザ王国では有名な美容アドバイザーらしい。

ジャネットはなんとなく気恥ずかしくて、はにかんだ。

「詐欺レベルの化粧ですわ」

「詐欺？　そんなことないですわ。ジャネット様は――」

「ジャネット嬢、遅いぞ！　間に合わないじゃないか」

シルティ王女が何かを言いかけたところで、背後から咎めるような呼び声がした。

「アランお兄様、大丈夫ですわ。ジャネット様はもう準備を終えられていますから、すぐに行けます」

ジャネットと向き合っていたシルティ王女は、ジャネットの後方に視線を移すとにこりと微笑みかける。

「――終わっている？」

訝しげな声にジャネットが振り返ると、アランは困惑したような表情を浮かべていた。

もしかしたら、ジャネットの化粧もしてくれるつもりだったのかもしれない。ジャネットと目が合うと、新緑の瞳を僅かに見開いた。

――少しは綺麗だと思ってくれるかしら？

ジャネットはアランを見つめ返したが、こちらを凝視するアランの表情からはなんの感情も読み取れない。

「はい、終わっていますわ。すぐに出られますから、大丈夫です」

ジャネットはアマンディーヌと散々練習した、美しい微笑みとお辞儀でアランにふわりと頭を下げた。

シュタイザ王国の舞踏会用大広間は、ルロワンヌ王国のそれよりもさらに豪華絢爛だった。

天井と壁には一面に見事なフレスコ画が描かれ、柱には彫刻が施されている。至るところに金箔が貼られてキラキラと煌めき、天井からクリスタル製のシャンデリアがいくつもぶら下がり、七色の光を放っている。

シュタイザ王国お抱えの楽団によって奏でられる音楽は極上のメロディーだ。

惜しげもなく飾られた装花は見上げるほどの豪華さで、優雅なときの流れに華やぎを添えている。

この国の若き王太子の誕生日を祝うため、会場内には笑顔が溢れていた。

そんな豪華な空間で、ジャネットはチラリと隣を見て、すぐにパッと視線を逸らした。

――なんだか、さっきからずっと機嫌が悪いわ……。

隣にいる人のただならぬ冷気に、早くも逃げ出したい。冗談抜きに、この広い会場内でここだけ五度くらいは気温が低いと思う。

今さっきダンスを終えたばかりで体が火照《ほて》っているはずなのに、ジャネットは寒さを感じてぶるりと体を震わせた。

「なんか、寒いですわね」

「そんなに肌を露出した格好をしているからだろう」

「はい、ごめんなさい……」

むっつりとしたアランの刺《とげ》のある口調に、ジャネットは思わず謝ってしまった。

ジャネットの着ているドレスは確かに胸元が大きく開いているが、同じくらい開いているご令嬢はたくさんいるし、もっと開いている人も多い。

アマンディーヌであるアランであれば『いいと思う』と言って笑ってくれると思ったのに、実際の反応は真逆だった。

ジャネットは途方に暮れた。

なぜか、アランが非常に不機嫌なのだ。

最初はなんだか不機嫌かな？　くらいの変化しか感じなかった。しかし、時間の経過と共にどんどん不機嫌具合が増して、今は明らかに不機嫌そうにしている。

先ほどから、ジャネットは三曲ほど男性からダンスに誘われて踊ってきた。どれも自分としては会心の出来栄えだったにもかかわらず、戻ってくるたびにアランの周りの空気が冷えていく気がする。

「あの……、わたくしのダンス、どこかおかしかったですか？」

「別におかしくない」

「そうでございますか」

ジャネットはホッと胸を撫で下ろす。しかし、同時に腑《ふ》に落ちない気持ちが自分の中でどんどんと広がっていった。

アランはこれから愛する隣国の王女と僅かな逢瀬があるというのに、なぜこんなにも不機嫌なのだろうかとこっちが泣きたくなる。フランはとても綺麗にジャネットを着飾らせてくれたが、これではとても目的は果たせそうにない。

俯きそうになるジャネットの横で、アランは近くにいた給仕人に声を掛けると、なにかを話していた。

――早く、フランソワーズ王女殿下が現れないかしら……。

ジャネットはチクリと痛む胸に手を当てて、そんなことを思った。こんなに機嫌が悪いのは、フランソワーズ王女がなかなか会場に現れないからに違いない。

「早くフランソワーズ王女殿下がいらっしゃるといいですね」

「そうだな。殿下には、言いたいことがたくさんある」

不機嫌ながらもそう言ったアランの返事に、ジャネットは「やっぱり……」と視線を俯かせた。どうやら、自分は最後の最後まで氷の貴公子の気持ちを傾かせることはできなかったようだ。

そのとき、会場の中央でひときわ大きな歓声が上がった。本日の主役のクレイン王子が立ち上がったのだ。会場のあちらこちらで悲鳴ともとれるような黄色い声がした。

「クレイン王子もダンスかしら……」

ジャネットは少し背伸びをしてそちらの方向を見た。チラリと見えたクレイン王子は煌めく金の髪を靡かせ、スラッとした見た目の優しそうな男性だった。

なるほど、シルティ王女が心を奪われるのも頷けるような美丈夫だ。

クレイン王子は一段高い位置にある椅子の前でゆっくりと会場を見回した。紺色地に金色の刺繍が施された豪奢なフロックコートに身を包んだ彼が、一歩踏み出す。

クレイン王子が会場を進むたびに人々の壁がぱっくりと割れる。きっと皆、クレイン王子は誰とダンスに参加するのかと固唾を呑んで見守っているのだろう。

「次、ブランルだな。その次がカドリール」

アランがダンスカードを確認して呟いた。

ブランルとは、複数の人間が輪になって踊る比較的砕けたダンスだ。つまり、一度にたくさんのご令嬢がクレイン王子と一緒に踊れる。

一方、その次のカドリールは四人が一組で正方形になって踊るダンスだ。どちらのダンスも、アマンディーヌの指導で最近練習した。カドリールは四人が一組なので、クレイン王子と踊れる女性は二人となる。もしクレイン王子が立て続けに踊るのならば、カドリールに選ばれた二人はこの婚約者選びでかなりの優位に立つことは間違いないだろう。

あっという間にクレイン王子の周りにご令嬢による人垣が出来上がった。皆、クレイン王子とダンスがしたいのだろう。シルティ王女はそんな中でもかなりよいポジションに陣取りクレイン王子と歓談しているのが見えた。

——よかった……。

ジャネットはその様子を見て、ほっとするのを感じた。

クレイン王子とシルティ王女、それにエリック殿下やどこかの王女、ご令嬢、ジャネットの知らない男性達が次々と輪になるのが見えた。

ダンスを踊るシルティ王女は本当に楽しそうに見えた。

——シルティ様、嬉しそう……。

また、安堵《あんど》の思いが湧き上がってくる。

シルティ王女は生まれながらにしてルロワンヌ王国の王女だ。自由恋愛など、望めるはずもない。けれど、この一年近くをシルティ王女と共に過ごしてきたジャネットは、シルティ王女のことを大切な友人のように感じていた。たとえ結果がどうなろうとも、悔いのないように頑張ってほしいと思った。

しばらくシルティ王女達をぼんやりと眺めていると、体をふわりと包む柔らかな感触がした。自身の姿を見下ろすと、肩からショールがかけられている。

「ありがとうございます」

「いい。寒いんだろ？　持ってきたドレスを着ればよかったのに」

相変わらずやや不機嫌なアランは、ジャネットの体を包み込むようにショールを巻いた。

「このドレスは似合わないですか？」

「そういうわけじゃないんだけど……。でも、この化粧はちょっと――」

アランはごにょごにょと言葉尻を濁した。

ジャネットがこのパーティーで着るはずだったドレスは、清楚な黄色いドレスだった。ルロワンヌ王国でアマンディーヌと一緒に選んだものだ。

もしかしたら、せっかく選んでくれたのに、それを着ていないから気に入らないのかもしれないとジャネットは思った。

そのとき、またわぁっと歓声が上がってジャネットは舞踏会会場の中心に視線を移した。先ほどと音楽が変わっている。カドリールが始まったようだ。

「アラン様！　見て！　シルティ様が!!」

ジャネットはその光景を見たとき、思わずアランの腕を摑んで強く引いた。クレイン王子とカドリールを踊る四人の中にシルティ王女が入っていたのだ！

シルティ王女はジャネットの心配をよそに、しっかりとクレイン王子にアピールしている。今日のお昼にもお茶会をしたはずだから、そこで距離を縮めたのかもしれない。

「シルティ様、頑張っていますわ」

「そうだな。だから、何も心配いらないって最初に言っただろう？」

感極まり、思わず涙ぐみそうになったジャネットに対してアランは落ち着いていた。まるで、最初からこうなることがわかっていたかのようだ。

「アラン様、もっと感動してくださいませ」

「ジャネット嬢は感動しすぎだろう。まぁ、ジャネット嬢がこうなることはわかっていたけどさ」

先ほどより幾分か機嫌が治った様子のアランは呆れたようにジャネットを見下ろす。その瞳が優しい気がして、ジャネットの胸はトクンと鳴る。しかし、次の瞬間アランが呟いた言葉にジャネットの体はビクンと凍りついた。

「あ、フランソワーズ殿下だ」

フランソワーズ殿下。アランの想い人だ。

アランはジャネットの後方に視線を向けて、そちらをじっと見つめていた。

振り向きたいけれど振り向きたくない。

見たいけれど見たくない。

好奇心と恐怖心が入り交じる中で、ジャネットはぎこちなく首を回転させた。そして、フランソワーズ王女を見つける代わりに視界に捉えたのは、予想外の人物だった。

「――フラン様？」

向こうもジャネットに気付いたようで、頬を紅潮させたまま、真っ直ぐにこちらに向かってきた。先ほどまでの赤みを帯びたピンクのドレスではなく、淡い水色の洗練されたドレスを着ている。走るのに邪魔なのだろう、そのドレスのスカートを両手で摘み上げている。

「ジャネット様！　やっと見つけたわ」

ジャネットの前まで走り寄ると、フランはその両手でしっかりとジャネットの手を握った。アランの視線は真っ直ぐにフランを捉えている。

シルティ王女も凌《しの》ぐほどの、あの豪華な部屋。

クレイン王子の婚約者選びに自分は関係ないといった様子。

一国の王女から簡単に手紙を取りつけたこと。

フランという名前……。

様々なことが絡まり合って、ジャネットの中で一本の糸となる。アランが『彼女とは気が合う』と言ったことも納得だ。

——なんで気が付かなかったのかしら？　ばかみたい……。

急激に気持ちが冷えてゆくのを感じた。

本当にばかみたいだと思った。

あまりのばかさ加減に、自分で自分に呆れてしまう。

「フランソワーズ殿下。ジャネット嬢にこの化粧はいかがなものかと」

「あら、なぜ？　とてもお綺麗でしょう？」

「今日のジャネット嬢には、合いません」

横にいるアランがフランソワーズ王女に苦言を呈《てい》しているのがぼんやりと聞こえた。どうやら、綺麗だと思わせるどころか、この化粧は似合わないと思われていたようだ。

ジャネットは目を伏せて、ぐっと唇を噛みしめた。

「もう、いいわ。その話は後よ。それより、例のひどい男はどうなりました？」

フランは片手を上げてアランの話を打ち切ると、頬を紅潮させたまま、少しだけ自分より背の高いジャネットのことを見上げる。パッチリとした淡いグリーンの瞳が魅力的な、目をみはるような美人。

——本当に、綺麗な人だわ。

自分がとても惨《みじ》めに思えた。

フランソワーズ王女は純粋にジャネットを心配して声を掛け、このようによくしてくれた。見た目だけでなく、性格までも気取ったところがなく好ましい。

——完敗だわ。

心は妙に凪《な》いでいた。

目の前に立つ王女の見た目は元々が地味なジャネットより遥かに綺麗だし、性格も後ろ向きなジャネットよりきっと素敵。唯一、ジャネットが祖国でほぼ負けることがない身分ですら、この人には敵《かな》わない。

フッと乾いた笑いが漏れる。

最初の半年間、地味で後ろ向きな自分を変えたくて頑張った。

この半年間は、アランを振り向かせたくてさらに頑張った。

本当に頑張った。

あと半年間、もう一度同じことをしろと言われても、きっともうできない。

それくらい、頑張った。

自分のでき得る最高のパフォーマンスを出しきったのだ。


それでもやっぱり……、――結果はだめだった。


「ジャネット様？　例のクズ男はどうなりましたの？」

フランソワーズ王女がもう一度ジャネットに尋ねる。何も答えないジャネットのことを不思議そうに見上げていた。

「クズ男ってなんの話だ？」

隣にいたアランも怪訝な表情で、ジャネットとフランソワーズ王女を交互に見つめてくる。

「あら、アラン様。ちょうどよかったわ。あなたの部下にとんでもないクズな男がいるわ。騎士道に反する行為は厳にこれを慎《つつし》むよう、きちんと指導すべきよ」

フランソワーズ王女はちょうどよいとばかりにアランに向かって頬を膨らませる。ジャネットはその様子を、ぼんやりと見つめていた。

この人は、そんな様子すら可愛らしい。

――本当に、ばかみたい。こんな不毛《ふもう》な努力、もうやめよう……。

ジャネットはとても凪《な》いだ気持ちでアランとフランソワーズ王女に微笑みかけた。アマンディーヌと練習した、自分が最も魅力的に見える微笑みを浮かべて。

「フラン様。その話はもういいのです。終わりましたから」

「終わった？」

僅かにフランソワーズ王女の眉が寄った。

「ええ、終わりました。――わたくし、お二人のお邪魔でしょうから失礼しますわ」

ジャネットは怪訝な表情を浮かべて困惑する二人に背を向け、一人舞踏会の会場内を移動した。

シュタイザ王国には、シルティ王女のお付きとして来た。決戦は今夜だ。

シルティ王女の戦う姿をしっかりとこの目に焼きつけようと、ジャネットは舞踏会の中央ダンスホールに目を向ける。

ちょうど楽団の演奏が止まり、カドリールが終わった。

ジャネットはドレスにぶら下げていたダンスカードを開いた。次の曲を確認すると、もう一度別の曲でカドリールとなっている。その次がワルツだ。

シルティ王女はすぐ近くに佇むジャネットを見つけると、少し息を切らせながら笑顔で近づいてきた。

「ジャネット様！」

ジャネットは笑顔でシルティ王女を迎える。

「シルティ様！　とっても素敵でしたわ」

「ありがとう！　ジャネット様は踊りました？」

「はい。何曲か」

　ジャネットは頷いた。

　ジャネットはこの会場に入ってから何人かに誘われて、ダンスを踊った。一年前に比べたらいつの間にかダンスへの苦手意識はかなり薄れている。上級ステップを踏めと言われたらやっぱり自信はないけれど、人並みには踊れるようになったはずだ。

「次からしばらく、ワルツが続くみたいですわ」

「ええ。クレイン様に誘っていただけるといいのだけど」

　シルティ王女は自信なさげに眉尻を下げる。ジャネットはそんなシルティ王女を励ますように両手を握った。

「シルティ様は世界一素敵なお姫様ですわ。クレイン王太子殿下なら、きっとそのことに気付くはずです」

「そうかしら？」

「そうですわ。自信を持って言いきれます」

　そこで一旦言葉を切ると、ジャネットはシルティ王女に微笑みかけた。

「もし誘われなかったら……。クレイン王太子殿下は女性を見る目がありません。誰がなんと言おうとも、シルティ様はわたくしの中で最高に素敵な王女殿下です」

　ふたつ年下の、可愛くて頑張り屋さんで素敵な王女殿下。シルティ王女とはとても不思議な出会いだったけれど、最高にハッピーな出会いでもあった。

　もしもシルティ王女がいなかったら、ジャネットはとっくのとうにアマンディーヌのもとから逃げ出していただろう。

カドリールの音楽が終わる。

ジャネットはダンスホールの中央部に目を向けた。人がぱっくりと割れてゆき、クレイン王子が近づいてくるのが見えた。

——ほら、やっぱり。

ジャネットは微笑みを浮かべてシルティ王女の背中を押す。

こんなに素敵な王女殿下を放っておくような男は大ばか者だと思う。頬を染めるシルティ王女の手をクレイン王子が取った。

笑顔でワルツを踊るシルティ王女を見つめながら、ジャネットにも自然と笑みがこぼれた。

ワルツの曲が終わり、二人が優雅にお辞儀をする。シルティ王女がその場を離れようとしたとき、会場にどよめきが起きた。クレイン王子がシルティ王女の手を離さなかったのだ。

次こそはと待ち構えていたご令嬢が呆然と見守る中、ワルツの二曲目が始まる。

クルリ、クルリと優雅にステップを踏むシルティ王女を見て、ジャネットはまるで本物の蝶のようだと思った。子供の頃に見たオルゴールの仕掛け人形のように楽しそうに踊る二人を見ていたら、これまでの一年間の記憶が走馬灯《そうまとう》のように蘇ってきて、はらりと涙がこぼれ落ちた。

この気持ちをなんというのだろう？

——そう。達成感だ。

「ジャネット嬢、これ」

その場で立ち尽くしてシルティ王女とクレイン王子のことを見つめていると、目の前にハンカチを差し出された。視線を斜め前に向けると、アランがなんともいえない表情でこちらを見下ろしている。

無言で差し出されたハンカチを眺めていると、ハンカチが近づいてきてぐいっと顔を拭かれた。

「アラン様。シルティ様がクレイン殿下と踊っていらっしゃいます」

「そうだな」

「ワルツを連続で二曲目ですわ」

「そうだな」

そう言いながら、とめどなくぼろぼろと涙がこぼれてきた。

きっと、シルティ王女は彼女の初恋を実らせたのだ。ジャネットにはできなかったことを、叶えたのだと思った。

「あーあ。やっぱりこの化粧だと……」

僅かに眉を寄せたアランが呟く。

顔のすぐ近くまで手が伸びてきたのでびくっとして目を瞑ると、瞼に少し引っ張られるような痛みを感じた。アランの指に摘まれていたのは、ジャネットの付けていた付けまつ毛だ。

「ジャネット嬢は泣き虫だから、今日はもっと薄化粧にしておかないと崩れるんだよ。予想通りだ。半分糊がはがれかけていた」

ジャネットはアランが差し出したつけまつ毛を見つめた。糊の部分が涙でふやけて白くなっている。おまけにハンカチは化粧でどろどろになっており、取れた付けぼくろまで付いていた。

「わたくしに、あのお化粧は似合わなかったですか？」

「いや？　似合っていたし、綺麗だったよ。でも、今日はこのお化粧はだめだと思った。ジャネット嬢は、普段の薄化粧で十分綺麗だよ」

アランが首を竦めてみせる。

『綺麗だよ』

聞きたくて、聞きたくて、でも今まで、一度も聞くことができなかった言葉。

その言葉に、ジャネットは目を見開く。

――たとえ結果が玉砕だったとしても、悔いがないように。

それは、ジャネットがシルティ王女に対して思ったことだ。

アランはフランソワーズ王女と恋仲。

ジャネットは失恋した。けれど、最後にきちんとこの気持ちを言わないと、後悔するかもしれない。

ルロワンヌ王国に戻れば約束の半年は終わる。それと同時に、ジャネットの行儀見習い期間も終わる。

アマンディーヌともアランとも、会う機会はほとんどなくなるだろう。ましてや、シルティ王女がシュタイザ王国に嫁げば、アランはきっと別の王族付きになり、会うことは全くなくなる。

「アラン様」

「何？」

ジャネットはすうっと息を吸う。

これまでの努力の集大成。

化粧がぼろぼろなのはご愛嬌《あいきょう》。

背中は伸ばし、顎は引き、口角を上げて。足を半歩下げて少しかがむと、両手でドレスの端を摘む。

「わたくし、ジャネット＝ピカデリーは、アラン様をずっとお慕いしておりました。あなたが好きです」

満面に笑みを浮かべてそう告げると、アランは意表を突かれたように目を見開いた。

――ああ、やっと言えた。

アマンディーヌには何度も言えたのに、アランの格好をしたこの人には一度も告げることができなかったこの言葉。

ジャネットは自分の中が、急速に充足感に満たされるのを感じた。


呆然とこちらを見つめたまま返事をしないアランに、ジャネットはたおやかに頭を下げる。

「わたくしはもうアラン様の前から消え去りますので、どうかフラン様とお幸せに」

「は？」

「わたくし、今後一切ご迷惑はお掛けしませんわ。公にできぬ恋とはいえ、二人の幸せを陰ながら応援させていただきます」

「……。待て。誰と誰の恋を応援するって？」

「それはもちろん、アラン様とフラン様ですわ」

言葉を紡《つむ》ぎながらもまた涙がこぼれ落ち、ジャネットはハンカチで顔を拭う。

一方、涙ながらに語るジャネットを見下ろし、アランはぐりぐりとこめかみを押さえた。

「どうりで様子がおかしいと思った。相変わらず考えが斜め上すぎる……」

そして、はぁっとため息をつくとジャネットを見下ろした。

「俺とフランソワーズ殿下は恋仲じゃないし、お互いにそんな感情は一切ない。共通の趣味を持つ友人だ。ただ、俺にとってフランソワーズ殿下は特別だ。その……アマンディーヌになることを勧めてきたのは、フランソワーズ殿下だから」

「……そうなのですか？」

ジャネットは初めて聞く話に目を丸くした。フランソワーズ王女がアマンディーヌになることを勧めた？

「ああ。実はそうなんだ。殿下はあの性格だろう？　前回殿下がルロワンヌ王国に来た際に、ぽろりと事情を漏らしたら、どうせやるならそれくらい気合いが入っていると本気具合を見せつけてやればいいって……」

なんとなく、そのときのフランソワーズ王女の様子がジャネットにも想像できた。きっとジャネットを庭園で見かけて声を掛けてきたときのように、半ば強引に、けれど心からアランのことを思って、そんな突拍子もないことを言い出したのだろう。

アランは言葉を止め、ジャネットを見下ろして微笑んだ。

「さっきの台詞、ジャネット嬢が起きている状態でアランに言うのは初めてだな」

「ええ」

『起きている状態』という意味がわからないが、ジャネットはとりあえず頷いた。

「シルティ殿下はこのままいけば、恐らくこちらに嫁がれる。つまり、シルティ殿下付きの美容アドバイザー、アマンディーヌはいなくなる」

「ええ」

ジャネットは眉尻を下げて頷いた。それはとても嬉しいけれど、同時にとても寂しいことだ。

「でも……、ジャネット嬢の美容アドバイザーはずっと俺がやるよ」

ジャネットは目を見開いてアランの顔を見た。

いったいどういう意味だろうか。プロポーズのようにも取れるし、これからも美容アドバイザーとしてご贔屓《ひいき》くださいと言っているようにも取れる。

意図がよくわからずに困惑していると、アランは首を傾げ、しょうがないなぁとでも言いたげな顔をした。

「ジャネット嬢は考えることが斜め上すぎて正直相手するのは大変だ。でも、相手を否定しないで受け入れる懐《ふところ》の深さも、真っ直ぐで純粋なところも、頑張り屋なところも好ましいと思っている」

そして、アランは少し屈んでジャネットの耳元に顔を寄せた。

「好きだよ」

小さく囁かれた言葉を聞いたとき、これまでのことがまた走馬灯のように駆け巡り、止まっていたものが頬を伝っていくのを感じた。

ついでに、こんなのも聞こえたが。

「あぁぁ……、くそっ！　また化粧が……」

第六章　彼と共闘する××日間！

シュタイザ王国から帰国して早一ヶ月。

ジャネットは友人のマチルダに誘われて、ラリエット伯爵邸で開催されているお茶会に参加していた。

「どっちから言い寄ったの？」

「どういうふうに距離を縮めたの？」

「いつの間にそんな関係になったの？」

まるで容疑者の事情聴取をするかの如くの質問の嵐に、ジャネットは肩を竦めた。

ジャネットとアランは、つい先日婚約した。ほとんど社交の場に姿を現さなかった氷の貴公子の突然の婚約に、年頃のご令嬢は皆大騒ぎだ。

そんなこんなで、ジャネットは質問攻めに遭っていたのだ。

「それで？　いったい何がどうなってアラン様を射止めたの？」

「いやー、話せば長くなるのよ」

もう何度繰り返されたかわからない同じ質問を、ジャネットは笑ってかわした。

話せば本当に長くなる。まずどこから話せばいいのか、皆目《かいもく》見当がつかない。

王宮舞踏会で元・婚約者に放置されて、オネエに声を掛けられたところから？

それとも、ルイーザ侯爵邸で男の子に髪の毛を直してもらったところから？

どちらにせよ、アランがアマンディーヌであることを隠して話すことはとても難しい。困ったように笑うジャネットを見て、友人達は顔を見合わせた。

「まあ、なんとなく想像は付いていたけれどね」

「え？　いつから？」

予想外の言葉に、ジャネットは目を丸くする。もしかして、友人達はあの正体不明のオネエがアランだと気付いていたのだろうか？

「うーん。最初にあれっ？　て思ったのは、ジャネットが初めてアラン様にエスコートされてへーベル公爵家の舞踏会に参加したときかなあ。アラン様、ジャネットとは踊るのに、他のご令嬢には一切声を掛けないし、見向きもしなかったもの。勇気を出して声を掛けたら笑顔でかわされたって話も耳にしたわ」

「そうなの？」

「そうよ。それに、前回の王宮舞踏会のときも、突然現れてジャネットだけと踊っていたでしょ？あの後も誰とも踊らずに会場を後にされてしまったのよ。それに、アラン様ってほとんど表情を崩さないのに、ジャネットといるときは楽しそうだし」

「ふーん……」

それは思わぬ新情報。

明日はアランがジャネットの屋敷まで会いに来てくれることになっている。そのとき、是《ぜ》が非《ひ》でも真相を究明しなければ！

☆　☆　☆

翌日、ジャネットは自室で絞め殺されそうになっていた。

「うぅ……」

美しさに妥協は許されない。

頭ではわかっていても、苦しいものは苦しい。

「ジャネット嬢、もっとお腹を引っ込めて背筋を伸ばして！」

新しい美容コルセットを持ち込んだ当の本人——アマンディーヌから檄《げき》が飛ぶ。

格闘することおよそ五分、無事にこのコルセットをジャネットに装着することに成功したアマンディーヌは、そのほっそりとした腰つきを眺めてご満悦《まんえつ》だ。

本来肌に直接着けるべきものなのに、薄着があるせいで余計苦しい。

死ぬ……、絞め殺されて死んでしまう！

ちなみにこれは、フランソワーズ殿下お勧めの一品で、昨日シュタイザ王国から届いたものらしい。

「死ぬ……、死んじゃう！　外してっ！」

「そう簡単に死なないわ。あと五分頑張るのよ」

「鬼ー！」

アランは婚約後、ジャネットに会いに来るとき、なぜか半分はアマンディーヌの格好で現れる。そして、そんな日は容赦なしにビシバシとしごかれるのだ。

「アラン様。別にアマンディーヌ様の格好をしていらっしゃらなくてもいいのですよ？」

一度、そのようなことをやんわりと伝えたことがある。

ジャネットはアランがアマンディーヌだと知っているのだから、変装する意味がない。アランのまま美容アドバイザーをすればいいだけだ。

きっと準備も大変だろうとジャネットなりに気を遣ったのだが、アランは不満げに眉を寄せた。

「――アマンディーヌにならないと、なんとなくしっくりこないだろ？」

「……はぁ」

もはや、女装が趣味だとしか思えない。まぁ、趣味は人それぞれだから別にそれはいいけれど。

だがしかし、ジャネットは気が遠くなるのを感じた。

いったいいつまで、この美を追究する苦しい鍛練《たんれん》は続くのだろうか。

「ジャネット嬢、大丈夫よ。これを使うのはあと一年もないわ」

やっと外したウエスト五十五センチのコルセットを手に、アマンディーヌが朗らかにそう宣《のたま》う。

なんでこっちが考えることがわかるんだろう。ジャネットは胡乱な表情で尋ねた。

「なんで一年なんですの？」

「結婚して子供を授《さず》かったら、コルセットなんてつけられないでしょう？」

ジャネットはしばらく固まる。

子供、子供、……子供？　アランと自分の子供!?

「な、な、なっ！」

思わず不埒《ふらち》なことを想像して真っ赤になるジャネットを見つめ、アマンディーヌはにこりと笑う。

「でも安心して。わたし、とっておきのエクササイズを調べてきたの！　産後ピラティスに産後ヨガって言うのよ。これで何人産んでも大丈夫ね！」

得意げなアマンディーヌの様子に、ジャネットは表情を消した。

もしかして、それを自分にやれと？

いつまでやるんですか？

もしかして一生ですか？

ねえ、一生なの!?

「誰がやるかぁぁぁ！　ご自分で勝手にやってくださいませ！」

ジャネットの怒声がピカデリー侯爵家に響き渡る。

「ええ！　そんな殺生《せっしょう》な。だってわたし、自分じゃ子供を産めないわ」

いつぞやのように床に座り込み、ハンカチをくわえてジャネットを潤んだ瞳で見上げるアマンディーヌを前に、ピュアなジャネットは我に返る。

「あら、確かにそうですわね」

確かに生物学的に男であるアマンディーヌに子供は産めない。自分じゃできないなら仕方がなかろう。

「でしょ？　だから、わたしと頑張りましょ！」

「仕方ないですわね。わかりましたわ」

「さすがはジャネット嬢！　わたしのパートナーなだけあるわ」

感激したようにしっかりと手を握られた。

その手を握り返して固い握手を交わしてから、ちょっとした疑問が湧く。

――あれ？　なんか、おかしくないか？

ジャネットがオネエと共闘する日々はこれからも続く！

書き下ろし
番外編

彼女と過ごした180日間

この子はなんでまた、こんなに救いようがないほど男の趣味が悪いのだろう。

ジャネットに不敵に微笑みかけられたとき、真っ先に思ったのはそんなことだった。

『――覚悟してくださいませ！』

ピカデリー侯爵令嬢であるジャネットは名門侯爵家の跡取り娘であり、性格は真面目で努力家、見た目は若干《じゃっかん》地味な印象があるものの、よく見れば整った顔立ちをしていて低い鼻などはむしろ愛嬌がある。

高位貴族の一人娘にありがちな我儘《わがまま》さや、傲慢《ごうまん》さはなく、貴族令嬢として求められる一般的な教養も一通り備わっている。

もしも最初の婚約者選びの段階であんなクズのような男、ダグラス＝ウェスタンを選ばなかったら、きっと彼女はこんなにも自分に対して卑屈にはならなかっただろうし、今頃別の誰かから大切にされてそれなりに幸せな新婚生活を送っていたことだろう。

そのダグラスとせっかく婚約解消が成立したっていうのに、今度は俺が好きだって？

衝撃のあまり、返す言葉が見つからない。

なぜよりによって俺のような、後ろ指をさされるような特殊な趣味を持つ男を好きになるのか、意味がわからない。

はっきり言おう。

男の趣味が悪すぎる！

彼女の気持ちは、初恋の相手が俺だったということを最近になって知ったことによる、一時的な盛り上がり――つまり、気の迷いに違いない。

そう思っていたのに、ジャネットはなかなか考えを変えず、諦めなかった。

どんなに課題を増やしても必死に食らいついてきて、ついでにアランの好みを調べようと涙ぐましい努力をする。まあ、本人でもあるアマンディーヌにアランの女性の好みを聞いてくるなんて、どうかと思ったけどな。


歌劇を一緒に観に行くことを快諾したのは、ちょっとしたご褒美のつもりだった。

俺から見ても、ジャネットのこなしている課題や日々の行儀見習いとしての働きっぷりは舌を巻くものだった。だから、少しくらい息抜きをさせてやりたいと思ったんだ。

「……もしかして、アマンディーヌの姿で来たほうがよかったかな？」

迎えに行ったとき、冗談でそう言うとジャネットはぶんぶんと左右に首を振った。

「いいえ！　アラン様でお願いします！」

それはそうだ。アマンディーヌの姿は悪い意味で目立ちすぎる。けれど、ジャネットはそう返した俺を不思議そうな顔で見返し、逆に嫌な奴らは自分が撃退してあげると得意げに笑った。

予想外の答えに、どう返せばいいか困る。

ああ、ジャネットはこういう子だったな、と改めて知らしめられた。

彼女はあるがままの俺を見つめ、ばかにすることなく受け入れる。父親に恥さらしと言われ、ずっと隠し通してきた秘密をいとも簡単に暴き、まるでそれが当たり前かのように劣等感をなくしてしまう。

ジャネットは歌劇に行けて楽しかったとお礼を言ってきたけれど、むしろ、気取らない素のままで過ごせたあの時間が楽しかったのは俺のほうだった。

ジャネットはあの再会の日から考えると見違えるほど綺麗になった。ひとつひとつの動きは洗練され、服装は華やかに、表情は明るくなった。

ダグラスと婚約解消した後、ジャネットが夜会や舞踏会に参加すれば多くの男が言い寄ることは容易に予想できた。なにせ、彼女は社交界で一、二を争うほどの優良物件だ。そして案の定、ジャネットはたくさんの子息達からダンスを申し込まれていた。

王宮舞踏会の日、てっきり親族にでもエスコート役を依頼しているのだと思っていたジャネットが実はエスコート役なしで参加していることを知ったとき、なぜ自分を頼ってくれないのかと無性に腹立たしく感じた。そして、多くの男からダンスの申し込みをされているのを実際に目の当たりにしたら、急激にもやもやとしたものを感じた。

けれど、たくさん埋まったダンスカードでもやっぱりワルツ以外は空いていて、その不安な少し難しいダンスもアランとなら踊れるのを確認して、満足感のようなものを覚える。

シュタイザ王国でもそうだった。

自分がしてあげようと思っていた化粧をフランソワーズ王女が先にしてしまったことを知り、大事なものを穢《けが》されたような不快感を覚えた。泣き虫なジャネットにこんな目元を濃くした化粧は合わないし、自分ならもっといい仕上がりにできたのにと。

そして、彼女が素肌を大きくさらしているのが気にくわなくて、ショールを巻きつけるという子供じみた行為をした。

いつから彼女に惹かれていたのかと聞かれると、正確な日時はわからない。

一緒に歌劇を見に行った日かもしれないし、舞踏会で最初にダンスを踊ったときかもしれない。

あるいは、幼い日に髪をいじることをばかにされて笑われていた俺を庇《かば》おうとしたジャネットの勇敢で真っ直ぐな姿に、既に惹かれていたのかもしれない。

——ただ、これだけははっきりと言い切れる。

シュタイザ王国の大広間で完璧なお辞儀を披露してこちらを見上げ、俺に好きだと告げたジャネットは、これまで見たどのご令嬢よりも美しく、誰よりも魅力的だった。

☆　☆　☆

その日、俺は晴れて婚約者となったジャネットと二人でお茶を楽しんでいた。

会話が途切れたタイミングでカップに口を寄せると、清涼感溢れる香りが鼻に抜ける。ミントティーは暑い今の季節にぴったりだ。

ふと顔を上げると、ジャネットが何かを聞きたげにこちらを見つめている。

「どうした？」

「えーっと、わたくしずっと聞きたいことがあったのです。アラン様はなんでわたくしにずっと素っ気ない態度を取っていたのですか？　いつからわたくしが好きだったのでしょう？」

おずおずとそう尋ねてきたジャネットに、俺はにこりと笑いかける。

「さあな？　でも、そのほうがジャネットのやる気が出ただろう？」

「鬼畜だわ……」

信じられないと言いたげに、ジャネットは唖然《あぜん》とした表情をした。

今の答えは本音半分、うそ半分。

でも、真実を言うつもりはないし、言う必要もない。

俺は少し不貞腐れたような表情を見せるジャネットの手にそっと自分の手を重ねた。

「でも……、その甲斐あって、ジャネットは以前にも増してとても綺麗になったよ」

「え!?」

甘く微笑みかけると、ジャネットはみるみる頬を染めた。

王宮での行儀見習い期間は終わったけれど、その後もジャネットは自主的に綺麗になる努力を続けている。苦しいと文句を言っていたコルセットもなんだかんだ言ってしっかりとつけているようだ。

ジャネットは褒められたのがよっぽど嬉しかったようで、はにかんだ笑顔を見せる。

——単純……。まぁ、それはそれで可愛いけどな。

釣られるように自然と笑みがこぼれる。

こんな何気ない表情がたまらなく可愛く見えるのは、俺が彼女に惹かれている証拠なのだろう。

「ジャネット」

「はい？」

つい出来心が湧いて、彼女が顔を上げたタイミングで俺も顔を寄せると、軽く唇同士が触れた。

ジャネットは目がまん丸に開いたまま硬直している。

「やりにくいから目ぐらい瞑ってくれると助かるんだけど?」

「な、な……」

自分の唇を指でなぞり、あわあわするジャネットの頬はりんごみたいに真っ赤だ。

——本当に、可愛いよね。

これから先も、きみを俺の手で一番美しく咲かせてあげたい。

そのために、アマンディーヌは最高の友人で、そしてアランは最高の夫になれるよう努力しよう。

だからずっと俺についてきて、俺だけの可愛いレディ《ジャネット》。

あとがき

みなさんこんにちは。三沢ケイです。

前巻に引き続き、『ひょんなことからオネエと共闘した180日間（下）〜氷の貴公子は難攻不落!?完璧目指すレディのレッスン〜』をお手に取ってくださり、ありがとうございます。

前巻で、地味で卑屈な自分を変えるべく奮闘したジャネットですが、今作では好きになった男性——アランを振り向かせるべく、全力疾走します。

ジャネットの魅力は、なんと言っても「何事に対しても真っ直ぐであること」そして「相手を尊重する心配りができること」です。

ヒーローであるアランは見目麗しく、優秀で将来有望な名門公爵家の次男という、傍から見ればなんの悩みもなさそうな男性です。しかし、「普通の人とちょっと違う趣味嗜好がある」という、本人なりの大きな悩みを抱えています。

ジャネットはひたむきにアランを見つめて走り続け、長年の悩みを取り去り、彼の心の殻を壊してゆきます。

何をしても暖簾に腕押し状態だったアランが段々とそんなジャネットに惹かれていく様子を描いたのですが、お楽しみいただけたでしょうか？

楽しんでいただけたなら、とても嬉しく思います！

無事に婚約者となったジャネットとアランは、これから先も絶妙な掛け合いで明るく楽しく愛を育んでゆくことでしょう。

実は本作品を最初に考えたとき、私は上巻で完結させるつもりでした。アランとジャネットの今後の未来は、読者の皆様の想像にお任せしようと思っていたのです。

ところが、ネットで上巻部分を公開後に「続きを読みたいです」というありがたい感想をたくさん頂き、それならばと筆を執ったのがこの下巻部分になります。

あのときにそれらの感想を頂かなかったら、私がこの下巻部分を書くことはなかったでしょう。そういう意味で、本作はまさに読者の皆様の声から生まれた物語になります。

いつも応援してくださる皆様には、深く御礼申し上げます。

そして、上巻に引き続き素敵なキャラクターと見事な世界観を描いてくださった氷堂れん先生、販売までを支えてくださったＰＡＳＨ！編集部を始めとする多くの方々。特に、本書の作成に当たり一緒に悩み、助言をくださった編集担当の黒田様。

本書の刊行に関わった全ての方々に、心から感謝申し上げます。

またいつかどこかでお会いできることを願って。

本当にありがとうございました！

二〇二〇年九月吉日
三沢ケイ

Comic PASH!
今冬
コミカライズ
スタート!
辺境の獅子は
瑠璃色のバラを
溺愛する
漫画 まろ乃
原作 三沢ケイ
キャラクター原案 宵マチ

この本を読んでのご意見・ご感想・ファンレターをお待ちしております。
〈宛先〉　〒104-8357　東京都中央区京橋 3-5-7
（株）主婦と生活社　PASH！編集部
「三沢ケイ先生」係
※本書は「小説家になろう」（https://syosetu.com）に掲載されていたものを、改稿のうえ書籍化したものです。

PASH!ブックス

ひょんなことからオネエと共闘した180日間（下）
2020年10月5日　1刷発行

著　者	三沢ケイ
編集人	春名 衛
発行人	倉次辰男
発行所	株式会社主婦と生活社 〒104-8357　東京都中央区京橋 3-5-7 03-3563-5315（編集） 03-3563-5121（販売） 03-3563-5125（生産） ホームページ　https://www.shufu.co.jp
製版所	株式会社二葉企画
印刷所	大日本印刷株式会社
製本所	小泉製本株式会社
イラスト	氷堂れん
デザイン	井上南子
編集	黒田可菜

©Kei Misawa　Printed in JAPAN　ISBN978-4-391-15504-4